AVENTURES

D'UN

# GAMIN DE PARIS

AU

## PAYS DES LIONS

PARIS. — IMPRIMERIE CHARLES BLOT, RUE BLEUE, 7.

Un homme, le ventre ouvert, est étendu sur le dos. (Page 29.)

# LOUIS BOUSSENARD

## AVENTURES

D'UN

# GAMIN DE PARIS

AU

# PAYS DES LIONS

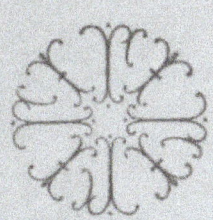

PARIS

A LA LIBRAIRIE ILLUSTRÉE

7, Rue du Croissant, 7

# AVENTURES D'UN GAMIN DE PARIS

AU

# PAYS DES LIONS

---

## CHAPITRE PREMIER

Symphonie de fauves. — Rivalité. — Tournoi de lions.
— Trois chasseurs à l'affût. — Gentleman, titi et gendarme. — Coup double. — Recommandé aux artistes
qui photographient les animaux. — Trépas d'une
coquette. — Balles explosibles. — Souvenir d'une ouverture de chasse en Beauce. — Bredouille un 1er septembre. — Le drap des morts. — Alerte! — Femme
enlevée par un gorille.

..... Un rugissement formidable éclata soudain derrière l'épais rideau de feuilles et se
répercuta bruyamment sous les arbres géants.

— Tiens!... fit une voix railleuse, on dirait
une fuite de tuyau d'orgue.

— Silence! interrompit une seconde voix.

— Bah!... ça vaut toujours mieux qu'une
fuite de tuyau à gaz.

1

— Encore une fois, silence ! ou tu vas nous faire écharper.

Un second rugissement fait frissonner les feuilles immobiles...

Cette sauvage fanfare, sonnée par l'ardente gorge d'un fauve, est comme un signal. De nouveaux et non moins redoutables grondements s'échappent de tous côtés des mystérieuses profondeurs de la forêt tropicale, roulent en rafales assourdissantes, sans pourtant quitter les notes graves, et retentissent au loin avec une incroyable intensité, en dépit de l'humidité qui sature les couches d'air.

— Bon !... un orchestre de grosses caisses, à présent, reprend l'incorrigible bavard.

— Décidément, tu y tiens ! riposte le second interlocuteur, d'une voix basse et contenue, mais parfaitement intelligible.

— A quoi donc, s'il vous plaît, m'sieu André ?

— Sinon à nous faire mettre en loques, comme je le disais tout à l'heure, du moins à nous faire rentrer bredouilles...

— Ce qui serait bien pis !

— Parbleu !

« Ce serait véritablement trop bête d'avoir fait plus de douze cents lieues pour arriver à un pareil résultat.

« ..... Et cela, par ta faute.

— Suffit, patron.

« Motus... on avale sa langue... et...

« Cré coquin ! le beau matou !

Ce que notre bavard, de plus en plus in-corrigible, qualifie fort irrévérencieusement de matou, est une superbe lionne qui, d'un bond rapide, franchit les broussailles et s'arrête, in-terdite, à l'aspect de trois hommes immobiles au milieu d'une clairière.

Le quadrupède confiant dans sa vigueur, plus étonné d'ailleurs qu'inquiet, plus curieux aussi qu'agressif, conserve un moment cette belle atti-tude sculpturale si admirablement rendue par notre grand sculpteur Barye.

Il examine les coiffures et les vêtements blancs, contemple ces visages et ces mains à l'épiderme blafard, et, en animal qui a seule-ment fréquenté — probablement au point de vue alimentaire — des bimanes à peau noire, et à peu près nus, semble se dire : « Qui diable sont ces intrus ? »

Tous trois, accroupis, un genou en terre, se prêtent à cette investigation avec une sérénité indiquant un courage à toute épreuve et surtout des nerfs aussi peu impressionnables que pos-sible.

Dans de pareilles conjonctures, devant un péril cherché, voulu, le courage est, en effet, la moindre des choses.

Mais les nerfs !...

Les trois compagnons semblent posséder au plus haut point cet heureux privilège du chasseur endurci qui ignore les émotions, car nul n'a sourcillé au moment où la lionne est apparue. C'est tout au plus si leurs doigts ont étreint leur lourde carabine à deux coups, dont les canons bronzés demeurent immobiles comme sur des affûts.

Le premier, celui qui semble le chef, est un homme dans la force de l'âge — trente-deux à trente-cinq ans, — brun, de haute stature, aux membres puissants.

C'est celui que le bavard appelle « m'sieu André ».

Ce second personnage, dont l'accent fait deviner un Parisien du faubourg, est un tout jeune homme de vingt-deux à vingt-trois ans, qui en paraît à peine dix-huit. De petite taille, mais vigoureusement musclé, il fixe intrépidement sur le grand félin ses yeux bleu clair au regard pétillant de malice.

Le troisième, jusqu'alors aussi muet et aussi impassible qu'un fakir, se présente sous cet aspect rigide, compassé, indiquant à première vue un vieux soldat. Face anguleuse, balafrée de quelques rides profondes, gros sourcils arqués, nez crochu, longue moustache à pointes tombantes, barbiche en virgule, poitrail bombé, rien ne manque à ce type bien connu. Quarante-cinq ans d'âge, pour le moins.

La lionne, son examen terminé, laisse échapper un grondement étouffé, vrai ronron de félin monstrueux, puis elle bat violemment ses flancs de sa queue, plisse son mufle, couche ses oreilles jusque sur sa nuque, et se ramasse, prête à s'élancer.

M. André lève lentement sa carabine, tout en faisant à ses deux compagnons cette pressante recommandation :

— Surtout, ne tirez pas!... à aucun prix!...

« Tu as compris, Friquet?

« Vous avez entendu, Barbanton?

— Compris, répond le jeune homme.

— Entendu, fait le vieux soldat.

Le chasseur appuie la crosse à son épaule. Il va faire feu et prévenir le bond de la lionne, quand celle-ci, soit caprice, soit curiosité, détend peu à peu la contraction de ses muscles, se redresse et tourne doucement la tête du côté opposé à celui où se tiennent les trois compagnons.

Bien que ce mouvement de conversion, en présentant la bête de trois quarts, la mit à la disposition du tireur, ce dernier abaisse son arme, et aussi maître de lui-même que s'il se fût trouvé en présence d'un simple lapin, porte les yeux vers le point qui sollicite l'attention de la belle curieuse.

Il faut être réellement doué d'une intrépidité rare et posséder une confiance absolue dans une adresse éprouvée, pour conserver, sans la moindre défaillance, un sang-froid à ce point inaltérable.

... Un tressaillement rapide agite la lionne. Puis, tout à coup éclatent, à droite et à gauche, deux nouveaux rugissements. Deux coups de tonnerre.

Les lianes et les broussailles bordant la clairière, trouées sous des poussées irrésistibles, s'écartent brusquement, et donnent passage à deux lions énormes.

C'est à peine s'ils ont le temps de s'entre-regarder. Au premier coup d'œil, ils se sont reconnus ennemis, et ce qui est pis encore, rivaux.

Ils s'arrêtent un moment, face à face, l'œil flamboyant, la crinière hérissée, et se provoquent du regard, tout en pétrissant sous leurs griffes les herbes et les feuilles sèches.

Ils n'ont même pas honoré d'un coup d'œil le groupe des trois chasseurs accroupis à trente pas.

A ce mutuel défi succède un cri bref, strangulé. Les deux fauves bondissent l'un sur l'autre, se rencontrent à trois mètres au-dessus du sol, se heurtent avec un bruit sourd d'os et de muscles froissés, et roulent lourdement sur la terre.

— Mâtin ! le joli coup de peigne ! dit à voix basse, à son voisin M. André, le jeune homme que celui-ci a appelé Friquet.

— Ils vont en effet se mettre en lambeaux, et ce sera vraiment dommage.

— Rapport à la peau, n'est-ce pas ?

— Parbleu !

« Ne trouves-tu pas que ces trois dépouilles commenceraient admirablement notre collection future ?

— J'crois bien !

« Mais, je ne vois qu'un moyen d'empêcher ces deux imbéciles de faire trop d'accrocs à leur vêtement.

« C'est de les fusiller sans plus tarder.

— Imbéciles en effet, interrompt le vieux soldat, toujours impassible, puisqu'ils se battent pour une femelle !

— Vous n'êtes pas galant, ami Barbanton, reprend Friquet.

« Moi, je trouve cette lutte superbe.

« J'ai vu les pensionnaires de Bidel et de
Pezon... Oh ! là là, quelle différence !

« De vrais empaillés, comparés à ces deux
lurons-là !

— Je ne dis pas non.

« Ça prouve qu'on peut être à la fois luron et
imbécile.

« Est-ce qu'au lieu de se manger le nez et de
se dépecer le cuir, ils ne feraient pas mieux de
croquer cette donzelle qui a l'air de se moquer
« d'eusse », pendant qu'ils s'écharpent pour ses
beaux yeux !

— Gendarme, vous êtes féroce.

« Mais, n'ayez crainte ! m'sieu André va
bientôt mettre le holà.

« Ils y passeront tous les trois, aussi bien la
jeune personne que ses terribles soupirants.

La lutte entre les deux fauves se continue
avec un acharnement incroyable, pendant que
les trois hommes échangent à voix basse ces
paroles rapides.

La lionne, accroupie à quelques pas des deux
rivaux, contemple en s'étirant paresseusement
ce drame farouche, cligne de l'œil, bâille d'un
petit air distrait, en attendant le coup de griffe
ou de dent qui doit terminer le tournoi.

André a porté de nouveau la crosse de son arme à l'épaule. Il tient en joue le groupe mouvant, comptant sur une accalmie, ou même sur un simple moment d'immobilité pour tirer avec précision.

Vaine attente. Telle est la fureur des deux combattants, qu'ils ne pensent même pas à s'arrêter un instant.

Le chasseur, dépité, se tourne vers Friquet :

— Tu parlais tout à l'heure de les fusiller séance tenante; je ne demande pas mieux, mais je crains de ne pas atteindre un organe essentiel.

— Voulez-vous que je les fasse rester immobiles ?... si peu que ce soit... le temps d'en coucher un par terre.

— Parbleu!

— Va bien, alors.

« Êtes-vous prêt ?

— Oui.

— Allons-y!...

Le jeune homme, à ces mots, porte ses deux doigts à sa bouche, souffle vigoureusement, et produit, par cette simple manœuvre, un sifflement tellement intense, qu'on eût dit qu'il sortait de l'appareil métallique d'une machine à vapeur.                          1.

Ce bruit inusité trouble les deux grands fauves, qui s'arrêtent interdits.

— Bon pour une photographie instantanée, s'écrie Friquet, auquel une violente détonation coupe la parole.

M. André a mis à profit ce répit, si court qu'il fût.

Un des deux lions, frappé entre l'œil et l'oreille par la balle de l'adroit chasseur, se lève brusquement sur les pieds de derrière, bat convulsivement l'air de ses griffes de devant, et roule inanimé, sans proférer une plainte.

L'autre, sans même s'inquiéter de la provenance de cet éclat de tonnerre qui termine la lutte à son avantage, familiarisé d'ailleurs avec la foudre qui gronde si souvent au-dessus des colossales futaies des tropiques, et croyant peut-être de bonne foi que son adversaire est tombé sous ses coups, entonne un chant de victoire.

Il se dresse fièrement sur le cadavre encore palpitant et tourne vers la lionne un regard triomphant.

— Poseur, va! murmure Friquet.

André, sans même attendre que la fumée soit entièrement dissipée, ajuste de nouveau pendant trois secondes à peine, et fait feu sans désemparer sur le second lion qui lui offre un but superbe.

— Mâtin ! le beau coup double ! s'écrie Friquet enthousiasmé.

— C'est pas pour dire, mais là, vrai, d'honneur, c'est de « la bonne ouvrage », fait Barbanton d'un accent approbateur.

— Une carabine... dit brièvement André en se retournant vers ses deux compagnons, auxquels il tend son arme vide.

Barbanton lui présente la sienne.

La lionne voyant son second prétendant tomber foudroyé sur le cadavre du premier, se départ enfin de sa nonchalance.

Infiniment moins préoccupée que les deux enragés, elle a vu coup sur coup surgir deux rapides éclairs enveloppés d'un flocon de fumée blanchâtre. Elle a entendu les détonations accompagnant ces déflagrations et s'est parfaitement rendu compte que tout cela venait du petit groupe dédaigné tout à l'heure.

Elle a vaguement conscience du péril qui la menace, et veut s'empresser de le conjurer.

En stratégiste habile, rassurée d'ailleurs par son incomparable vigueur, incontestablement brave, et plus rusée encore, elle sait qu'une prompte attaque est en général le meilleur procédé de défense.

Aussi, prenant lestement son parti, sans

même laisser tomber un regard sur les morts, elle se rue de côté, comme si elle voulait s'enfuir en évitant les chasseurs, puis, bondit obliquement et revient droit aux trois compagnons.

Un novice serait dérouté par cette manœuvre inattendue.

D'autant plus que le temps presse.

La bête n'est plus qu'à vingt mètres à peine. Encore trois bonds exécutés en sept ou huit secondes, et elle tombera au milieu du groupe.

Mais, André est un de ces tireurs que rien n'émeut.

Il la saisit pour ainsi dire au vol, et fait feu au moment où elle va porter à terre pour reprendre un nouvel élan.

Arrivant complètement de face, après sa manœuvre oblique, elle devrait normalement recevoir la balle en plein poitrail. Mais, la damnée bête, se sentant en péril, essaie de se dérober encore une fois.

Elle y réussit, mais incomplètement, fort heureusement.

Pendant ce temps très court, et pourtant appréciable, employé par André à presser doucement la détente, de façon à être pour ainsi dire surpris par le coup, elle se rejette brusquement de côté, avant d'avoir touché le sol.

Le projectile frappe l'arrière-train au niveau des hanches et broie les deux articulations. La bête roule sur le champ et culbute à quinze pas à peine du tireur. Incapable de bondir de nouveau, elle n'en est pas moins encore très dangereuse.

Elle peut, en effet, ramper à l'aide de ses pattes de devant qui sont encore intactes, et même s'élancer dans un dernier effort qui la rapprochera de ses ennemis.

André veut en finir. Sans se préoccuper des clameurs épouvantables que lui font pousser la rage et la douleur, il la laisse arriver en se traînant jusqu'à huit pas, et lui décharge sa carabine au beau milieu de la gueule.

Elle retombe, la tête littéralement pulvérisée.

Le chasseur, surpris des ravages opérés par ces deux coups, surtout par le dernier, ne peut comprendre comment le crâne se trouve en bouillie, les yeux arrachés, les dents luxées, la langue en loques.

— Que diable avez-vous donc mis dans vos cartouches? demande-t-il à Barbanton.

— Eh! eh!... répond celui-ci en riant pour la première fois, ce qui plisse singulièrement les longues rides de ses joues, tout simplement deux balles explosibles...

« Ai-je eu tort ?

— Bien au contraire, mon brave camarade.

« Si vous n'aviez pas pris cette précaution, je me demande comment j'aurais pu arrêter en temps et lieu cette damnée bête.

— Oh ! du moment que c'était une femelle, son sexe la recommandait suffisamment à ma défiance.

« Je n'ignorais pas qu'elle nous donnerait du fil à retordre…

« Ainsi, les lions sont tombés bonnement, sans façons ; mais elle n'a pas pu faire aussi simplement les choses.

« Mais, nom d'un Canaque ! j'ouvrais l'œil.

« Aussi, m'sieu André, voyez-vous, sans vous commander, faites comme moi : défiez-vous de tout être « qu'il » est du sexe féminin… des « gensses » comme des bêtes…

« Croyez-en mon expérience de vieux gendarme et d'époux malheureux !

Le jeune homme sourit sans répondre à cette singulière déclaration de principes, puis, désignant les trois cadavres, il ajouta :

— Allons, mes amis, à l'ouvrage !

« Nous avons chacun le nôtre à dépouiller, en attendant que nos clampins de nègres arrivent pour transporter les peaux au campement.

Ils se mirent en besogne sans plus tarder, et
tout en travaillant avec dextérité, continuèrent
à causer avec une familiarité indiquant une
grande camaraderie, en dépit des différences de
leurs conditions sociales respectives.

— Mâtin ! s'écria Friquet, la superbe ouverture de chasse, m'sieu André !

« Voici, je pense, des débuts qui promettent...

« Vous devez être content.

— Tu peux dire enthousiasmé comme le plus
heureux des chasseurs.

— Cela vous dédommage de votre ouverture
en Beauce !

« Chou-blanc » un 1er septembre !... Un enragé comme vous !

« Rentré à Paris sans une alouette !... sans
avoir brûlé une cartouche !

— Rien d'étonnant à cela, tu le sais bien,
puisque les braconniers avaient travaillé depuis
quelques jours à mon lieu et place.

« Le « drap des morts » (1) était passé sur
mes terres et la razzia avait été complète.

— On braconne donc toujours ?

— Maintenant plus que jamais ; surtout, depuis que les gendarmes se posent en avocats de

(1) La pantière.

pignon, et que Pandore, devenu un homme de
gouvernement, fait de la politique.

« N'est-ce pas, Barbanton ?

— Moi, je vais vous dire, m'sieu André : je
suis sans connaissance rapport à la question.

« Je n'ai jamais cultivé la gendarmerie conti-
nentale.

« J'ai passé tout mon temps aux colonies,
comme vous savez...

« Dans ces pays de barbarie, les braconniers,
c'est les Canaques, le gibier c'est les hommes,
et les braconniers chassent pour manger !...

— Nous en savons quelque chose, interrompit
Friquet en éclatant de rire, puisque vous nous
avez retirés tous deux de la broche, avec le
docteur Lamperrière qui faisait trois.

— Ça, c'était la moindre des choses, voyez-
vous, Friquet...

« Ce que j'en disais, c'était à seule fin de ma-
nifester qu'il y a gendarme et gendarme, comme
il y a aussi braconnier et braconnier.

« Mais, à propos, m'sieu André, vous qui savez
tant de choses, pourriez-vous pas me dire si les
gensses de ce pays-ci dévorent leurs semblables ?

— Ici, où nous nous trouvons, à cent kilomètres seulement de la côte de Sierra-Leone, je
crois pouvoir vous affirmer que non.

« Nous sommes d'ailleurs sur une terre bri-
tannique, et les Anglais sont de terribles voisins
pour les noirs...

Tout en devisant de la sorte, les trois compagnons travaillaient à l'écorchement des bêtes,
avec une ardeur que ne pouvait même pas ralentir la chaleur lourde qui transformait en serre
chaude l'interminable sous-bois.

Une heure se passa, et les trois dépouilles
enfin enlevées avec une habileté qui eût fait
envie à un naturaliste de profession, avaient été
roulées, en attendant les porteurs restés en
arrière, et dont l'absence commençait à devenir
inquiétante.

Pour la troisième fois, André avait prêté l'o-
reille, cherchant à démêler au milieu des multiples bruits de la forêt, un signal annonçant la
venue de ses gens, quand des clameurs effarées
se firent entendre au loin.

— Enfin ! Il n'est pas trop tôt.

« Voici nos braillards qui s'annoncent par
leur musique habituelle.

Bientôt, une douzaine de noirs, armés de
piques et de fusils de traite, débouchèrent dans
la clairière, criant, hurlant, gesticulant, comme
un clan de singes ivres de vin de palme.

— Maître !.. grand malheur !..

— Massa !.. venez vite !..

— Ah !.. malheur !.. Ah !..

— Oh !.. pauvre madame !.. Oh !..

— Voyons ! quel malheur ?.. quelle madame ? s'écria André impatienté.

Et comme il était impossible de saisir un mot à cette cacophonie infernale, le jeune homme prit le parti de faire faire silence.

Puis, désignant un de ces bimanes qui lui paraissait un peu moins stupide que ses congénères, il demanda la cause de tout ce tapage.

— Maître, c'est la femme blanche...

— Quelle femme blanche ?

— Je ne sais pas...

— Me voilà bien renseigné...

« Continue.

— Le gorille..

— Quel gorille ?...

— Un gorille de la forêt...

— C'est juste.

« Il y a gros à parier que ce n'est pas celui qui est empaillé au Muséum.

« Qu'a-t-il fait, ton gorille ?

— Il vient d'enlever la madame... la madame blanche...

« Comprenez-vous ?

André ne put retenir un tressaillement rapide.

Le noir devait dire vrai, bien que la présence d'une femme blanche fût au moins extraordinaire en pleine forêt africaine, à vingt-cinq lieues de Free-Town, la capitale de la possession anglaise de Sierra-Leone.

Pourtant, comme le fait de rapt opéré par le singe géant n'est pas sans précédent, André résolut d'aviser au plus vite.

Il rallia ses hommes, fit apprêter les armes, prit la tête de sa petite troupe et s'élança à travers bois.

# CHAPITRE II

La marche dans la forêt vierge est généralement pénible. Mais, aux approches des clairières, elle devient horriblement difficile.

Au milieu des grands bois, sur un sol soustrait
à la radiation solaire par un impénétrable dôme
de feuillage, les herbes géantes ne peuvent pas
vivre; on ne trouve pas de lianes, et seulement
des mousses visqueuses qui croissent comme en
serre chaude, sur le vieil humus formé de détritus végétaux en putréfaction.

Le voyageur n'a donc à se préoccuper que des accidents de terrain : marais invisibles, fondrières traîtresses, collines ou ravins; sans compter la chute assez fréquente des branches ou des troncs morts, ainsi que les pérégrinations parfois interminables à travers un réseau de racines énormes, inextricablement enchevêtrées.

Pourtant, je le répète, cette marche n'est que pénible.

Mais, où le voyageur est soumis à de véritables tortures, c'est quand il doit traverser des bois dont les essences premières ont été modifiées à la suite de cataclysmes, — d'incendies surtout, — si fréquemment allumés par les terribles orages des tropiques.

Sous l'influence de l'air et de la lumière, une nouvelle végétation s'improvise de toutes pièces, en quelques mois, sur le vieil humus primitif, fécond jusqu'à la prodigalité.

Bientôt les arbres s'élèvent avec une rapidité inouïe, emportant à leurs cimes d'immenses chevelures de lianes qui s'élancent d'une branche à l'autre, s'entrelacent, forment d'innombrables et bizarres festons, retombent en jets obliques ou verticaux, et s'implantent dans le sol au milieu d'herbes colossales et de plantes arborescentes.

Cette réunion de végétaux grimpants ou sarmenteux, couverts de fleurs éblouissantes, ce fouillis embaumé ferait pâmer d'aise un botaniste, mais désespère l'explorateur qui ne peut avancer qu'en se frayant un chemin avec le sabre d'abatis.

Tiraillé par les lianes, empêtré par les racines, accroché par les épines, balafré par les herbes coupantes, aveuglé par la sueur, suffoqué par la chaleur, lardé par les insectes, le plus patient des hommes devient littéralement enragé.

Telle est la position des trois Européens quelques moments après avoir quitté la clairière où s'est opéré le massacre des lions, alors que leurs hommes effarés sont venus leur apprendre cette sinistre nouvelle : le rapt d'une femme blanche par un gorille.

André et Friquet, cœurs généreux, natures d'élite, dévorés d'inquiétude, s'ouvrent la route à grands coups de sabre, tandis que le vieux soldat, tout en bûchant avec acharnement, maugrée de tout son cœur et donne au diable, avec les gorilles, tous les êtres qui n'ont pas l'avantage d'appartenir au sexe fort.

— Une femme !... Dans la forêt vierge !...

« Là ousque des gens comme nous, et pas des clampins, peuvent à peine bourlinguer...

« Tenez, m'sieu André, vrai de vrai, si c'n'é-
tait mon attachement pour vous et ce garnement
de Friquet, je laisserais la particulière se débrouiller avec son jocko !...

— Comment! vous, Barbanton, un ancien
troupier qui, comme dit la chanson, avez servi
Vénus et Bellone...

— Avec honneur et fidélité, m'sieu André!

— Eh bien! raison de plus pour ne pas abandonner cette pauvre créature dans une situation
aussi épouvantable!

— Mais, qu'allait-elle faire dans cette forêt?

— Sauvons-la d'abord, vous verrez ensuite à
récriminer.

— Tenez, m'sieu André, je manque d'enthousiasme.

— Tant mieux! les meilleures troupes sont
les plus calmes.

— Ce n'est pas cela que je veux dire.

« J'entends que je ne vais là que malgré moi...

« Je dirais même contraint et forcé.

— Barbanton, vous n'avez pas de cœur!

— C'est vrai, m'sieu André...

— Et c'est son épouse, née Élodie Lerat, qui
l'a mangé, n'est-ce pas, gendarme? interrompit
Friquet d'un ton goguenard.

— C'est vrai, d'honneur! Friquet...

« Oh! la malheureuse! m'a-t-elle assez fait
damner, foi de Barbanton!

« Pour un peu, j'aurais fait un mauvais coup.

« Moi, un vieux chevronné, médaillé et dé-
coré!...

— Enfin, heureusement que vous êtes à près
de douze cents lieues de votre fléau domestique.

— Je ne serai jamais assez loin de ce démon
enjuponné, qui a « perturbé de désespoir » les
années d'un repos vaillamment conquis.

« C'est une hyène, une louve, un serpent, une
tigresse...

— Appelez-la ménagerie tout de suite, ri-
posta Friquet, et n'en parlons plus.

— Vous la connaissez, d'ailleurs, et vous savez
« tout ce qu'elle est capable ».

— Ça, c'est vrai.

« Vous n'avez pas eu la main heureuse, ami
gendarme, et vous avez attrapé un failli numéro,
à la loterie du conjungo.

« Ce n'est pourtant pas une raison pour confondre tout le sexe faible dans une haine générale
autant qu'irraisonnée.

— Eh! mille ventres de Canaques! j'irais
chercher un pauvre petit enfant au milieu des
requins, dans le feu, dans le plomb fondu...

— Je n'en doute pas...

— Mais, une femme ?...

« Jamais !...

— Vous êtes féroce...

— Autant que juste... je ne voudrais pas occasionner, en la sauvant, le malheur d'un homme auquel je n'aurais rien à reprocher.

— Allons, voyons, ne vous faites donc pas plus diable que vous n'êtes noir.

« Je suis sûr que vous arracheriez cette malheureuse des griffes du monstre.

« Ne dites pas non... je vous connais...

« Vous seriez incapable de résister à une voix éperdue implorant du secours !...

— Heu !... heu !...

— Avouez-le donc, vieil enfant grondeur...

— A une inconnue, peut-être...

— Votre femme elle-même, toute féroce, et toute Elodie Lerat qu'elle soit, obtiendrait assistance...

— Halte-là !... camarade.

« Mille millions de milliards de fois non !...

« Ne dites donc pas de bêtises, ça nous porterait malheur.

— Je le répète : obtiendrait assistance, fût-ce au péril de votre vie...

« Vous êtes bon comme du pain blanc, mon pauvre ami, avec votre air de faire le méchant.

2

— Bon tant que vous voudrez...

« Mais, sachez-le bien, une fois pour toutes, je laisserais, sans hésitation comme sans remords, cette... personne — il ne pouvait se résoudre à dire ma femme — au pouvoir de l'animal.

« Le gorille, à ce que j'ai entendu dire, est un des plus féroces de la création, n'est-ce pas?

— On le dit, et le fait paraît prouvé.

« Où voulez-vous en venir?

— A ceci : C'est que je puis assurer qu'en moins de huit jours, elle aurait maté le nommé Gorille...

« Qu'au bout de quinze jours, le malheureux serait devenu fou...

« Et qu'après un mois de cohabitation avec Elodie Lerat, il serait mort enragé.

« Ce n'est pas elle qu'il faudrait sauver, mais bien le pauvre gorille.

« Voilà mon opinion, fit-il rageusement en sabrant à tour de bras les lianes et les broussailles.

Malgré la gravité de la situation, en dépit des difficultés sans cesse renaissantes qui s'opposaient à leur course à travers bois, Friquet et André ne purent s'empêcher de rire à pleine gorge, à cette conclusion inattendue.

— Mais, nous n'en sommes pas là, n'est-ce

pas, mon brave ami, reprit affectueusement
André, qui sentait bien, à travers l'exagération
de ces propos, la manifestation d'une vive douleur.

« Cette malheureuse femme — je n'ose dire
mauvaise — est bien tranquille à Paris, où elle
continue votre petit commerce, pendant que
vous reprenez avec nous le cours de vos rudes
pérégrinations...

— A quelque chose malheur est bon, m'sieu
André, puisque je lui dois de vivre près des
deux hommes que j'aime le mieux au monde,
vous et Friquet; sans pour cela faire tort à l'affection que je porte à M. le docteur Lamperrière et à notre matelot Pierre le Gall!...

— Et vous trouvez en nous, vous le savez,
une sincère et complète réciprocité, répondit
André en lui serrant énergiquement la main.

Enfin, le fouillis s'éclaircit peu à peu pour
faire place aux grands arbres. Bientôt apparaissent les troncs droits et lisses qui se profilent
à l'infini, confondent leurs lignes rigides et se
perdent au loin sous la voûte épaisse que ne
traverse plus le soleil.

Puis le sous-bois s'assombrit de plus en plus.
L'atmosphère devient lourde, fade, saturée d'hu-

midité, au point de ne plus fournir aux organes respiratoires qu'un élément vicié par les exhalaisons qui s'échappent des terrains en décomposition.

L'on sent sourdre de ce sol spongieux l'invisible nuage chargé des miasmes de la fièvre.

C'est bien là un repaire de fauve.

Les trois amis s'avancent maintenant à longues enjambées, et se déplacent assez rapidement, mais non sans fatigue, sur cet humus qui se creuse sous chaque pas comme le sable des plages.

Cette course dure depuis plus d'une heure, et malgré leur vaillance, la fatigue commence à se faire sentir. Leurs hommes peuvent à peine les suivre. Ceux qui sont chargés des dépouilles des lions sont restés en arrière.

Enfin, des rumeurs lointaines frappent leurs oreilles.

Impossible d'en saisir la signification, et encore moins la provenance. Puis, le bruit d'un coup de feu, mais très assourdi par les couches d'air humide.

Toute trace d'épuisement disparaît comme par enchantement. Ils s'élancent au pas de course, surexcités comme les soldats qui marchent au canon, franchissent sans même les apercevoir des obstacles devant lesquels ils eussent reculé de sang-froid, et arrivent enfin, à bout de souffle, près d'un groupe effaré.

Un spectacle terrible s'offre à leurs regards.

Un homme, le ventre ouvert, les entrailles arrachées, est étendu sur le dos, au milieu d'un fouillis de vêtements en loques, pétris avec de hideux lambeaux de viscères...

La tête seule est intacte, ainsi qu'un grand col bleu en toile qui est resté collé aux épaules de l'infortuné.

Ce cadavre est celui d'un blanc. Ce col indique un matelot.

André laisse tomber, le premier, un regard sur cette face convulsée par une agonie courte sans doute, mais affreuse, et pousse un cri de douloureuse stupeur :

— Mais, ce malheureux !... c'est un de nos matelots...

« Je ne me trompe pas...

« Vois donc, Friquet.

— Hélas ! oui, c'est bien vrai, répond le jeune homme en pâlissant.

« C'est bien un des hommes de la goëlette.

— Comment !... encore un !

« C'est donc une boucherie ?

2.

A quelques pas plus loin, gît, en effet, un second cadavre. Celui d'un noir.

Une des épaules est littéralement arrachée.
Un poumon est à découvert, et la peau du visage, enlevée comme par un râteau de fer, laisse
à nu les os de la face.

— Oh! nous arrivons trop tard, murmure
Friquet.

« Ces blessures-là, je les connais...

— Rangez-vous le long d'un tronc, gentle-
men! leur crie aussitôt en anglais un personnage
vêtu à l'européenne, et armé d'un fusil à deux
coups.

« Hâtez-vous!.. la vermine va nous bombar-
der.

La chute rapide et bruyante de branches énormes, lancées du haut d'un arbre, vient aussitôt
leur démontrer l'opportunité de ce conseil.

Ils s'élancent tous trois près de l'inconnu,
autour duquel se pressent quatre noirs épouvantés, et dont l'un est blessé à la tête, griè-
vement sans doute, à en juger par le sang ruis-
selant à flots d'une balafre qu'il porte au front.

— ...Victimes du gorille, n'est-ce pas, monsieur? dit André en montrant les cadavres.

— ...Du gorille, yes, sir, répond flegmatique-
ment l'Européen.

« Il est sur ce baobab… presque au-dessus de
nous.

« Je l'ai blessé, mais il n'en est que plus dangereux.

— Mes nègres m'ont parlé d'une femme… une
blanche enlevée par lui.

— C'est vrai.

« Cette pauvre dame a été saisie au milieu
de nous et emportée sur l'arbre.

« Ce matelot qui se trouvait près d'elle, a
voulu la défendre…

« Voyez ce que le monstre a fait de lui.

« Ce noir n'a pas été plus heureux.

— Mais elle?…

— L'attaque de l'animal a été si rapide
et si imprévue, que je n'ai pas pu faire
feu sur lui dans la crainte d'atteindre la
victime.

« Je ne crois pas pourtant qu'il lui ait fait
grand mal.

« Il a dû la déposer entre les basses branches
de ce colosse végétal…

« Puis, effrayé par les coups de fusil que j'ai
tirés au hasard, il l'a laissée sur cette espèce
de plate-forme pour gagner les cimes les plus
élevées.

« Je l'ai aperçu plusieurs fois déjà au moment

où il casse les branches qu'il nous lance à tout
moment.

« Mais, il est si agile et sait si bien se dissimuler, qu'il ne fait que paraître et disparaître.

« Je ne puis plus le découvrir.

« ...Tenez!... l'entendez-vous?

Une clameur aiguë, sèche, éclatante, retentit, en effet, à ce moment, au sommet de l'arbre.

« Kek-ack!... Kek-ack!...

Ce cri qui semble jaillir d'un larynx de métal,
alterne avec un sourd mugissement, comme si
le monstre, avant de le proférer, emmagasinait
dans sa poitrine une énorme quantité d'air.

Les noirs épouvantés claquent des dents, à cette
clameur qu'ils ne peuvent entendre sans frémir.

— De façon, reprit André poursuivant toujours son idée, que vous ignorez la place précise
où se trouve l'infortunée victime...

« Vous ignorez si même elle est vivante...

— Yes.

« Je l'espère pourtant.

« J'ai fait tout ce que le devoir commandait à
un gentleman en pareille circonstance...

— Je n'en doute pas, monsieur, et vous nous
voyez prêts à vous seconder de toutes nos forces.

« Si malgré nos efforts nous ne pouvons la
sauver, du moins, nous saurons la venger!

« Maintenant, à l'œuvre.

Le quadrumane géant interrompait de temps en temps son cri effrayant. On l'entendait alors briser des branches qui éclataient avec fracas sous ses étreintes irrésistibles, et rebondissaient lourdement sur les troncs sonores, avant de tomber sur le sol.

André, désespérant de le découvrir à l'œil nu au milieu de cette futaie aérienne formée par le baobab, se mit à inventorier minutieusement, à l'aide de sa lorgnette, chaque rameau, chaque fourchon, chaque anfractuosité.

Malgré tout son sang-froid, il tressaillit légèrement.

— Je l'aperçois, dit-il à voix basse.

« Il est à près de vingt-cinq mètres de hauteur... le sang coule sur sa cuisse...

« Je crains bien qu'il ne soit que légèrement blessé, car il ne semble pas affaibli.

« Voyons à mon tour si je ne pourrai pas le déloger de là...

— Ne craignez-vous pas d'augmenter encore sa fureur, ajouta l'inconnu, sans avoir grande chance de l'abattre?...

— Je ferai de mon mieux, ajouta froidement André.

« Du reste, avec une arme pareille, portant des

balles calibre huit et chargée à dix-sept
grammes et demi de poudre anglaise, je serais
bien malheureux si je ne l'assommais pas sur
le coup.

Puis, avec ce calme incroyable dont il venait
de faire preuve précédemment en massacrant
les lions, il leva lentement sa courte carabine
sans chiens, au canon fortement étoffé, et visa
à travers l'épais entrelacement de branches et
de feuilles.

Soit que le fauve se fût dérobé, soit que le
chasseur se trouvât dérouté en cherchant à l'œil
nu le but que lui avait montré son instrument
d'optique, l'arme resta muette.

— Je joue de malheur, murmura André; je
n'aperçois plus qu'une masse confuse, et..

— Au secours!... au secours!... gémit presque
au-dessus de sa tête, une voix plaintive, avec
un horrible accent d'angoisse...

À ces mots, prononcés en français, les trois
amis se sentent frémir.

Il faut agir sans retard, sous peine d'une irréparable catastrophe, car il est évident que l'attention de la brute va être excitée par cet appel
déchirant.

André n'hésite plus. Une détonation assour-
dissante, presque aussitôt suivie d'un hurlement

effroyable, éclate comme un coup de tonnerre et
se répercute à travers bois.

— Il en tient! s'écrient Friquet et Barbanton,
pendant que l'Anglais contemple la scène avec
l'impassibilité d'un habitué de tir au pigeon.

Une dégringolade rapide succède à cette
plainte farouche. Puis, apparaît un grand corps
velu qui glisse, roule, culbute de branche en
branche, mais en s'accrochant à tous les obstacles, de façon à ralentir la chute.

C'est le gorille, blessé mortellement sans
doute, mais terrible encore. Il réussit à se cram-
ponner à une branche oblique, pose ses pieds
sur une autre branche latérale, et contemple
un moment, de ses petits yeux féroces, le groupe
de ses ennemis. Il n'est plus guère qu'à cinq
ou six mètres d'eux...

Ses mâchoires énormes, aux longues dents
jaunes, croisées comme des défenses, claquent
violemment. Un rictus bestial contracte sa face,
cette monstrueuse caricature du visage humain.
De sa gueule s'échappent, avec les hurlements,
des flots de sang écumeux, pendant que, du
sommet droit de la poitrine, jaillit, à chaque inspiration, un jet rouge qui retombe en pluie sur
les mousses.

Réunissant ses forces dans un suprême effort,

il va s'élancer sur le sol et peut-être faire chèrement payer leur victoire aux chasseurs.

Malheureusement, de nouveaux appels au secours, plus déchirants encore que les premiers, se font entendre.

Le gorille n'est plus qu'à trois mètres de sa victime, qui, perdant tout sang-froid, se dresse au milieu des branches du baobab, au lieu de se dissimuler derrière elles.

Ne pensant plus, dès lors, à bondir sur le sol, l'animal pousse son « kek-ack! » et va se jeter sur l'inconnue que les chasseurs placés en contre-bas ne peuvent apercevoir.

André fait feu de son second coup. La balle porte un peu bas. Au lieu de trouer la tempe du fauve, elle broie les deux condyles de la mâchoire, pulvérise la voûte du palais, mais ne réussit pas à l'arrêter. Il n'a pas le temps d'échanger sa carabine contre celle d'un de ses compagnons... La malheureuse femme est perdue!... Le monstre se baisse péniblement... il va la saisir...

Un troisième coup de feu retentit. Le gorille, frappé sous l'aisselle, est traversé latéralement de part en part d'une balle qui perce le cœur au passage.

Il se dresse de toute sa hauteur, oscille un moment, étreint de ses deux mains monstrueuses

« Nous partons!... tous! tous! » (Page 54.)

son poitrail difforme, et s'abat en arrière sur le sol, où il rebondit avec un han ! étouffé.

C'est l'ancien gendarme qui vient d'accomplir cette prouesse à laquelle la pauvre femme doit son salut.

Pendant que l'Anglais, en homme prudent, donne au gorille le coup de grâce en lui déchargeant son fusil dans l'oreille, André communique à deux noirs quelques instructions rapides, et leur désigne l'entre-croisement des basses branches du baobab.

L'escalade est pour eux un jeu d'enfant. Ils se hissent en quelques secondes, non pas par le tronc, qui, mesurant près de sept mètres de diamètre, est absolument inaccessible, mais en se servant des racines aériennes émises par les branches latérales et retombant verticalement sur le sol où elles s'implantent bientôt.

Friquet, presque aussi agile que feu le gorille, les a suivis, afin de diriger le sauvetage. Ils se sont munis de deux longues ceintures de laine, plus que suffisantes pour attacher solidement l'Européenne et la laisser glisser doucement sur la terre, éloignée seulement de cinq mètres, avons-nous dit. Tout à coup, Friquet qui s'est approché pour vérifier la solidité de l'amarrage, pousse un cri aigu, bondit en arrière

comme s'il avait mis le pied sur une nichée de
serpents à sonnettes, empoigne un câble végétal, se laisse glisser sur le sol, et arrive, les
traits décomposés, le visage livide, en face
d'André stupéfait de cette fugue inexplicable.

— Qu'y a-t-il? mon cher enfant, lui demanda-
t-il d'une voix alarmée.

— Dites-moi, m'sieu André, est-ce que je ne
vous parais pas fou?...

— J'allais te le dire : « Es-tu fou ? »

— Le fait est, repartit Barbanton en rechar-
geant méthodiquement son arme, que, pour un
luron de votre trempe, ami Friquet... un luron
que j'ai vu à l'œuvre, et je m'y connais, vous me
semblez tout... drôlichon.

—-Drôlichon !...

« Je lui semble drôlichon... rien de plus...

« Mais, j'ai besoin qu'on me saigne, ou ma tête
va éclater.

« Du reste, à votre tour d'être aussi fous que
moi.

— Pourquoi ?...

— Tenez : voilà qui me dispense de vous répondre.

L'inconnue, descendue de sa périlleuse demeure aérienne, touchait en ce moment le sol,

grâce à la manœuvre doucement exécutée par les noirs.

Les deux hommes se tournèrent simultanément vers elle...

André malgré son calme prodigieux ne put retenir un cri d'étonnement.

Quant à l'ancien gendarme, il serait impossible de rendre la multiple expression de stupeur, d'angoisse et de colère, qui, panachée d'une incommensurable dose d'ahurissement, se refléta sur sa face énergique.

Il demeura un grand moment comme figé au sol, incapable d'un mot, d'une pensée, d'un mouvement...

Il essaya de réagir et ne put pas, chercha des expressions et n'en trouva pas...

A peine s'il put bégayer d'une voix sourde, sans timbre, avec un lugubre accent d'outre-tombe, ces quatre mots :

— Elodie Lerat!... ma femme!...

# CHAPITRE III

Pour l'intelligence des faits qui précèdent, re-
venons un peu en arrière.

Nous sommes au 31 août 1880 : quatre mois
jour pour jour avant les événements dont le récit
forme la matière des deux premiers chapitres.

Il est sept heures du soir, — nous précisons,
si cela peut vous faire plaisir, bien que ce soit
sans importance aucune. Sept chasseurs parisiens, bottés, sanglés, guêtrés, équipés de pied
en cap, descendent du train qui s'arrête à

Monnerville, la première station après Etampes.

Ces Nemrods urbains sont accompagnés chacun de leur chien d'arrêt, cela va sans dire, et les toutous, soustraits enfin à la claustration contre laquelle ils protestent depuis deux heures, se mettent à japper follement, à gambader éperdument, comme il convient à de braves animaux qui, n'ayant pas vu depuis sept mois leurs maîtres en pareil équipage, savent ce que cela signifie.

Eh! pardieu! c'est demain matin, au lever du soleil, qu'a lieu l'ouverture de la chasse.

Aussi, la joie des gens, pour ne pas être aussi expansive que celle des bêtes, n'en est-elle pas moins complète. Et cela, pour deux motifs.

Le premier, parce que c'est, comme je viens de le dire, demain 1er septembre l'ouverture de la chasse, et j'ajouterai deux seuls mots devant servir à greffer le second motif sur le premier. Ces deux mots sont: en Beauce!

En Beauce!... cette Corinthe des chasseurs où tout le monde ne peut pas aller, ce pays de cocagne de la perdrix, — du moins pendant les premiers jours de la chasse, — ce champ de bataille par excellence où le vrai chasseur peut goûter toutes les joies du tireur et du manœuvrier et multiplier ses exploits presque à l'infini.

Un immense char-à-bancs, véritable monument ambulant, attelé de deux vigoureux percherons, attend près de la station. Chasseurs et chiens y prennent place, et le véhicule s'ébranle au bruit des clic-clac du fouet d'un automédon en blouse.

La conversation, un instant interrompue par cette courte escale, reprend de plus belle sur ce thème inépuisable que présente la solennité de demain.

En conséquence, les six kilomètres séparant la station du petit village de C.........e, passent-ils presque inaperçus, grâce aux joyeux propos, échangés comme un feu roulant.

On a interrogé le conducteur villageois, un gars à l'œil futé, à la pommette couleur de brique. Ses réponses ont soulevé de véritables hourras. Jamais depuis neuf ans, c'est-à-dire depuis la guerre, les perdreaux, sinon les lièvres n'ont été aussi abondants.

Mercredi dernier, le gars a fait avec son « bourgeouët » — lisez bourgeois, — une exploration à travers la propriété. Ils ont levé, sur cinq cents hectares, plus de cent compagnies de perdreaux, et cela, en passant simplement sur les limites.

Les fermiers et leurs gens prétendent qu'il y en a plus de trois fois autant.

Il se fait fort, d'ailleurs, en véritable indigène
du cru, de mener un chasseur à la « bonne en-
drait » et de lui faire tuer cent « pardesiaux »
sans « menti ».

Cent perdreaux, c'est beaucoup, et la plupart
n'en demandent pas tant.

Aussi, nos chasseurs, sans prendre à la lettre
ce propos qui n'est peut-être qu'une gasconnade
de Beauceron, sont-ils pleins d'espoir, quelques-
uns avec une pointe de fièvre, au moment où le
char-à-bancs s'arrête devant une maison de
belle apparence.

C'est le type de la maison moderne, sans prétention aucune à la gentilhommière, bien au
contraire, mais vaste, admirablement distri-
buée et pouvant offrir, pendant la saison, un
pied-à-terre des plus confortables.

En entendant le roulement de la voiture, un
homme jeune encore — trente-cinq ans environ
— s'est brusquement levé d'un hamac en fil
d'aloès, accroché entre deux tilleuls.

C'est le propriétaire de ce retiro compagnard.

— André!... André Brévanne!...

« Bonjour, André!...

« Salut au plus aimable des hôtes!...

Le groupe des arrivants se précipite bruyamment vers lui, pendant que les chiens se répan-

dent, en jappant de plus belle, à travers les corbeilles et les plates-bandes de fleurs.

On est entre hommes, et qui plus est entre chasseurs, en conséquence, tout cérémonial est rigoureusement banni.

Le maître de céans, qui répond avec une courtoisie aussi franche qu'affectueuse aux poignées de mains et aux compliments, paraît d'ailleurs se soucier médiocrement des formules ampoulées, des révérences guindées, et de ce formulaire étriqué si cher à certaines classes plus ou moins dirigeantes, comme on dit encore aujourd'hui.

On le prend tel qu'il est, avec sa vareuse de flanelle bleu marine, sa chemise de laine ouverte au col, son pantalon de coutil, ses bottes fortes en cuir fauve, bref son débraillé d'explorateur au repos, ou plutôt en camp volant.

On ne voit pas bien, du reste, ces épaules robustes s'enfler comme un dos d'échassier pour esquisser le salut moderne, cet œil noir grimacer sous le monocle, cette bouche aux dents blanches, au dessin ferme, débiter les jobardises du turf ou des coulisses.

Un diner de chasseurs et de gourmets tout à la fois — l'un ne va guère sans l'autre, — a été préparé par les soins de Sophie, un cordon-bleu

émérite, digne homonyme de cette grande ar-
tiste qui fut une des gloires de feu le docteur
Véron.

Le potage fume déjà sur la grande table, le
reste rissole, mijote, rôtit ou bouillotte pour
arriver en temps et lieu « secundum artem ».

Tout est prêt... à table !

Les invités prennent place dans la grande
salle à manger, aux murs constellés de glorieux
trophées vaillamment conquis par le maitre dans
les cinq parties du monde.

Et les Parisiens, qui viennent dans la banlieue
chasser modestement la perdrix, de s'extasier
devant les défenses d'éléphants, les bois d'élans
et de caribous, les cornes de buffles, d'antilopes
ou de rhinocéros, les carapaces de sauriens, les
peaux de lions, de tigres ou de léopards, les dépouilles d'oiseaux géants ou microscopiques, les
défroques de sauvages, les parures de plumes,
les colliers de griffes ou de dents, les grigris de
toute sorte, les pagayes enluminées, les armes
les plus baroques, etc.

Une pareille décoration donne, on en con-
viendra, un certain cachet à la petite maison
beauceronne.

Nous n'avons pas à nous appesantir sur les
joies intimes de gens qui mangent ou qui boivent,

3.

et qui, depuis plus de trois heures, parlent sans
interruption de la fête cynégétique du lendemain.

Disons seulement qu'André Brévanne, heureux possesseur d'une cave laissée en héritage
par un oncle millionnaire, ancien armateur et fin
gourmet, fit largement les choses ; si largement,
que quand on s'alla coucher, non sans émotion,
en se disant : « A demain », quelqu'un put répondre avec infiniment d'à-propos :

— Demain... mais c'est aujourd'hui !

Nul pourtant ne manque à l'appel, quand à
sept heures du matin, heure militaire, les convives, un peu fripés, font derechef leur apparition
dans la salle à manger pour absorber, sur le
pouce, le petit déjeuner d'ouverture... celui qui
ne compte pas.

Une demi-heure après, les huit chasseurs, suivis chacun d'un porte-carnier pliant sous le
poids des cartouches, se répandaient joyeuse-
ment dans la plaine.

André, peu suspect d'exagération, l'a dit lui-
même à ses amis, la veille en dînant, et le leur
a répété au moment de partir :

— Le gibier est tellement abondant, que vous
devez vous attendre à fusiller presque sans relâche.

... On marche depuis près d'une demi-heure.

C'est étrange. Pas une détonation n'a retenti sur la ligne des chasseurs échelonnés à cent mètres l'un de l'autre. Pas un seul gibier ne s'est levé devant cette pacifique chaine de tirailleurs.

André, qui a détaché son garde à l'aile marchante, et qui est resté au pivot, demeure interdit.

Une heure se passe, et rien encore !

A peine de rares coups de fusil envoyés hors de portée à quelques perdreaux farouches, composant de maigres groupes de deux, trois ou quatre au plus, à la place des compagnies énormes annoncées, levées et comptées à mainte reprise. mC'est une mystification qui prend toutes les proportions d'un désastre !

Il n'y a pas, ou plutôt il n'y a plus de gibier. Et cela, depuis trois jours seulement.

Plus de doute, des razzias ont été opérées pendant les dernières nuits sur ce gibier dont, en bon camarade, André Brévanne voulait offrir la primeur à ses invités.

Une de ces redoutables associations de braconniers nocturnes qui mettent en coupe réglée les régions les plus giboyeuses, s'est abattue sur la localité. La *pantière*, cet immense filet si énergiquement dénommé « le drap des morts », a,

été déployée et tendue sur cette plaine si popu-
leuse, et a enlevé, en deux ou trois séances, au
moins trois mille perdreaux.

Il n'y a pas à chercher à côté. Telle est l'u-
nique et irrémédiable cause de ce désastre, qui
d'ailleurs n'est pas sans précédent, et que les ti
tulaires de chasses en Beauce redoutent plus
que tout au monde.

S'il était seul, André prendrait facilement son
parti de cette sinistre plaisanterie. Mais il ne
peut imposer sa philosophie à ses invités, qu'il
voit évoluer de ci, de là, en traînant la jambe,
avec cette allure désolée du chasseur bredouille.

Désespérés de ne rien rencontrer, ils se sont
rabattus sur les alouettes, qu'ils fusillent avec
acharnement.

Le déjeuner avait été fixé pour onze heures et
demie.

Dès dix heures, les malheureux Nemrods,
tout décontenancés, avaient rallié la demeure
de leur hôte.

Il serait inutile autant que superflu de détailler
par le menu la série de lamentations et de malédictions provoquées par la vue du tableau qui
exposait, amère dérision, un lièvre, un perdreau,
trois cailles et quarante alouettes!...

L'amphitryon avait tenu à honneur de ne pas

brûler une cartouche. Voyant que les doléances, hélas! trop motivées, allaient continuer indéfiniment, il jugea urgent de recourir aux grands moyens, et s'empressa d'offrir, sous forme liquide, la plus efficace des consolations que peuvent recevoir des chasseurs aussi malheureux qu'altérés.

C'était le seul remède que comportât la situation, et selon les prévisions d'André, il opéra d'autant mieux, qu'il prépara les voies aux merveilles culinaires élaborées par Sophie.

Grâce à l'excellence et à la surabondance des mets et des vins, l'humeur des convives se modifia peu à peu. Si les regrets produits par la partie manquée subsistèrent encore, du moins ils perdirent beaucoup de leur acuité.

Bientôt, les têtes s'échauffèrent. La conversation, tout en ayant la chasse pour objet, monta de ton.

Cela se conçoit. On ne pouvait pas toujours maudire les braconniers, honnir la pantière et parler du lièvre, du perdreau, des cailles et des alouettes de la matinée.

Du reste, l'étrange et superbe décoration de la salle à manger était bien faite, les toasts aidant, pour amener cette modification dans les idées, et cette hausse dans le diapason.

Et, ma foi... voilà nos chasseurs d'alouettes qui, piqués de la tarentule des voyages, franchissent les océans, enfourchent les dadas les plus homériques, parcourent la jungle, la prairie ou la forêt vierge, massacrent les bisons, mitraillent les tigres, assassinent les lions et font écrouler, sous leurs coups infaillibles, les éléphants eux-mêmes, ces montagnes de chair!

Une vraie croisière à travers le monde, peu fatigante, en somme, ainsi réduite aux proportions d'un voyage autour d'une salle à manger transformée en musée cynégétique, mais singulièrement attrayante, à la suite d'André qui raconte, avec une verve endiablée, les aventures les plus incroyables et éparpille, avec la profusion d'un millionnaire de la bourse et de l'esprit, la matière de dix volumes étourdissants.

Il n'est pas un des convives qui ne se mette intérieurement à la place du héros, ne s'emballe à fond, et même ne s'écrie de temps à autre : « Bravo!... Voilà comment j'eusse fait!... Oh! les voyages!... La passion inassouvie de mes jeunes années!... J'étais né pour courir le monde!...

« Êtes-vous heureux, Brévanne, d'avoir ainsi parcouru la planète!

— Eh! qui vous empêche d'en faire autant? riposte avec infiniment d'à-propos André qui a conservé tout son sang-froid.

« Voyons, vous êtes tous dans une situation de fortune aisée... quelques-uns sont opulents.

« Vous êtes jusqu'à présent célibataires endurcis, indépendants de toutes façons et chasseurs passionnés...

« Qui vous retient à nos plaines beauceronnes, à nos landes solognotes, à nos marais picards et à nos haies normandes ou percheronnes?

— Mais, rien!... absolument rien! s'écrient les convives électrisés.

— Eh bien! libre à vous d'aller conquérir ces trophées qui vous tirent l'œil, de vagabonder sur la route de la fantaisie, de vous déplacer au gré de vos désirs, de goûter de saines et vivifiantes émotions, d'endurer même des privations qui vous feront au retour trouver l'intérieur si plein de joies imprévues...

— D'accord, objecta un des assistants...

« Ce ne sont ni le bon vouloir, ni les moyens matériels qui nous manquent... c'est plutôt l'occasion, et je dirai, la direction.

« L'occasion est trouvée... mais, cette direction...

— Si je vous comprends bien, reprit André,

vous voulez dire que manquant de l'expérience
des voyages, ignorant les ressources et les ha-
bitudes des pays, vous ne voudriez pas vous
heurter à certaines difficultés matérielles qui
n'auraient pas purement et simplement la chasse
pour objet.

— Vous m'avez parfaitement compris.

« Il est évident qu'on ne peut pas prendre un
paquebot quelconque pour le premier pays venu,
débarquer, et se mettre en chasse...

« Il y a des considérations de lieu, de rapports,
d'alimentation, d'hygiène, de transport, que
sais-je?... Bref, un tas de choses qui ne s'ap-
prennent qu'à la longue...

« Car, on ne s'improvise pas explorateur. Et
dans le cas présent, le chasseur cosmopolite est
presque toujours doublé sinon d'un explorateur,
d'un excursionniste sérieux.

— Voilà qui est parler...

— Enfin, il est dans cette vie de chasseur so-
litaire, certains moments où l'isolement doit
rudement peser...

« J'aimerais à me trouver en compagnie !...

— Oui!... Vous avez raison!.. En groupe!...

— Mais, qu'à cela ne tienne, reprit André.

« Ainsi, ce sont là les seuls motifs qui vous
empêcheraient de partir : absence de direction

générale, manque d'expérience, et crainte de
l'isolement...

— Oui!... C'est bien cela...

— De sorte que si un homme ayant fait ses
preuves, vous réunissait en groupe, vous offrait
son expérience, et se chargeait de la direction
de l'expédition, vous le suivriez volontiers...

— Avec enthousiasme!...

— A la condition toutefois qu'il s'engage à
nous faire tuer du gibier.

— N'ayez crainte! Il vous conduira dans des
lieux où la pantière est inconnue, où la bredouille
n'existe pas, bien que les braconniers aient une
autre envergure que les malandrins qui ont raflé
mes perdreaux.

— Et cet homme sera?...

— Moi-même, si vous n'y voyez pas d'inconvénient...

— Vous, André!...

« Nous croyions que vous ne voyagiez plus.

— Il y a cinq minutes encore, mon intention
était de continuer à planter mes choux.

— Et depuis cinq minutes?...

— Je me suis décidé à faire le tour du monde
avec vous, et de vous inviter à des chasses où
vous ne serez pas mystifiés comme aujourd'hui.

« Voyons, entre nous, je vous dois bien cela.

— C'est donc sérieux?

— Parbleu !

— Savez-vous que vous êtes un homme étonnant.

— Pas étonnant le moins du monde.

« Je sais seulement prendre une résolution.

En ce moment, de nombreuses bouteilles étiquetées et capsulées de rouge, détonaient violemment.

Certain champagne, avantageusement connu des amateurs sous le nom de « Monopole » moussait et pétillait avec surabondance et portait à son comble la gaieté des convives déjà fortement surexcités.

— Ainsi, continua André en se levant, son verre à la main, il est bien entendu que nous partons...

— Tous !... Tous !...

« Le plus tôt sera le mieux.

— Il me faut deux mois pour préparer l'expédition.

— C'est trop long !...

— J'ai dit deux mois ?...

« Est-ce trop pour trouver un navire, pour l'aménager selon nos besoins mutuels, l'approvisionner, le réparer s'il y a lieu, engager l'équipage, faire les essais de machine...

« Est-ce trop pour commander et faire exécuter un armement qui doit être irréprochable,
en ce sens que non seulement notre plaisir,
mais nos existences lui sont pour ainsi dire su-
bordonnées...

« Est-ce trop, enfin, pour que chacun de vous
puisse, avec une liste détaillée que vous recevrez
individuellement dans deux jours, s'équiper avec
cette minutie que comportent les expéditions
sous les latitudes tropicales... Surtout quand ces
expéditions doivent durer de dix à douze mois.

— C'est bon!...

« Vous avez vos deux mois...

« Mais pas un jour de plus.

— Voilà qui est entendu.

« N'ayez crainte, je serai exact.

« Un mot encore, relatif aux dépenses qu'en-
traînera notre croisière.

— C'est inutile... Nous ne regardons pas à la
dépense.

— C'est essentiel, au contraire.

« Je crois que, avec vingt-cinq mille francs
chacun, nous aurons largement de quoi couvrir
tous nos frais.

« Sauf, bien entendu, ceux qui concernent
l'armement et l'équipement particulier de chacun de nous.

— Mais, le navire...

— Je l'achèterai pour mon usage personnel.

« J'ai depuis quelque temps envie d'un bateau de plaisance.

« Nous l'essaierons ensemble.

— Et quand pensez-vous commencer les preparatifs ?

— A l'instant.

« Notre partie de chasse est finie, et pour cause.

« Je vais dans une heure prendre le train de Paris...

« Si le cœur vous dit de rester ici, faites comme chez vous.

« La maison vous appartient de la cave au grenier.

— Merci !... nous partons aussi.

— Comme vous voudrez.

« Demain soir je serai au Havre et après-demain vous recevrez les instructions relatives aux objets dont vous devrez vous munir.

— Mais vous ?

— Moi... je n'ai besoin de rien...

« Je suis toujours prêt à partir.

« Nous sommes aujourd'hui 1er septembre : rendez-vous est pris pour le 31 octobre au Havre, hôtel Frascati.

« On n'attend pas les retardataires...

« Le 1er novembre, à huit heures du matin, le navire sera sous vapeur, et chacun devra être embarqué.

« Le départ sera subordonné à l'heure de la marée.

— Mais, où irons-nous?

— Nous verrons cela une fois en mer...

« Il nous sera facile de décider si nous devons commencer par l'Afrique méridionale pour remonter aux Indes... pousser jusqu'en Indo-Chine... jusqu'en Océanie... etc... que sais-je, moi!

« D'ailleurs, nous n'en sommes pas là...

« Messieurs et chers amis, je bois à notre voyage, et surtout, à la persistance de votre résolution...

« J'ai dit.

# CHAPITRE IV

André Brévanne prit, avec ses invités plus
émus que jamais, le train qui passe à quatre
heures à Monnerville et se dirige sur Paris.

Ce retour, étant données les circonstances
qui le motivaient, fut plus bruyant encore que
l'aller.

Les chasseurs, déjà consolés, et pour cause,
de leur déconvenue, sont joyeux comme des
gens qui viennent de prendre une résolution.

Enchantés, en outre, comme de vrais désœu-
vrés, à la pensée de cette équipée monstre, dont
l'exécution répond à ce désir que tout homme a
ressenti au moins une fois sérieusement en sa
vie — courir le monde, — ils s'élancent déjà, par
la pensée, à travers les mystérieux pays des
grandes chasses.

André, satisfait de ces excellentes dispositions qui n'ont fait que se confirmer pendant ce
court trajet de deux heures, leur serre la main
à la ronde en arrivant en gare, leur rappelle
qu'il compte sur leur promesse, et les laisse
aller où bon leur semble.

Il monte dans une voiture de place, après
quelques mots glissés à l'oreille du cocher, dont
l'attelage s'ébranle avec une vélocité insolite.

Quarante-cinq minutes lui suffisent pour franchir la distance qui sépare la gare d'Orléans de
la rue Lepic.

Il s'arrête devant le numéro 12, traverse lentement un long couloir, débouche dans un joli
jardinet constellé de fleurs et ombragé de quelques beaux arbres, au fond duquel s'élève un
pavillon isolé.

Il ouvre toute grande une porte à deux bat-
tants qui communique de plain-pied avec les
allées sablées du jardinet, et se trouve dans

une vaste pièce qui participe tout à la fois du cabinet de travail et de l'atelier.

La disposition de cette pièce lui est sans doute familière, puisque les objets assez disparates qu'elle renferme ne semblent en aucune façon l'étonner.

Ce sont d'abord deux grands corps de bibliothèque dont les rayons sont bourrés de volumes ; puis un vaste tableau noir couvert de figures géométriques, avec de longues formules algébriques, et la solution d'un problème de mécanique ; puis des épures piquées çà et là avec des clous de cuivre ; une mappemonde et des modèles en bois ou en plâtre d'instruments bizarres.

A droite, un établi en bois d'orme, avec un petit étau d'acier, un tour pour les métaux, et toute la série des instruments du mécanicien-ajusteur.

Au-dessus, une cage dans laquelle jabote un sansonnet.

En face de l'établi, un vaste bureau de chêne encombré de papiers, de volumes ouverts les uns sur les autres.

Aux murailles, quelques bibelots exotiques, des peaux d'animaux sauvages, une paire de fusils accrochés en trophée avec un salacco et

un sabre d'abordage, et au milieu, juste en face
la porte, son propre portrait, grandeur naturelle, à lui, André Brévanne.

Au bruit produit par le timbre adapté à la
porte d'entrée, le sansonnet interrompt son
bavardage et imite le tintement du métal. D'une
vaste corbeille d'osier sort, en frétillant de la
queue, un affreux roquet au poil râpé, mais à
l'œil vif et bon, qui vient coller son museau
humide, noir comme une truffe, sur la main du
nouvel arrivant.

Une porte latérale s'ouvre brusquement, et un
jeune homme, tête nue, vêtu comme André
d'une vareuse bleu-marine, apparaît aussitôt...

— Ah ! m'sieu André...

« Veine !... s'écrie-t-il avec cet inimitable
accent que ne peut jamais dépouiller le titi parisien, même quand il est devenu sérieux, ou à
peu près.

— Bonjour, Friquet, répond André en serrant
cordialement la main du jeune homme, qui lui rend
son étreinte avec une affectueuse familiarité.

— Quel bon vent vous amène ?

— Une aventure assez bizarre, je t'assure.

— Pas possible !

« Nous en avons eu pourtant de pas mal corsées.

« Tiens !... mais, j'y pense, vous avez dû faire l'ouverture de la chasse, aujourd'hui.

— C'est positivement là que débute cette aventure qui peut nous mener loin.

— Bah ! pour des gens qui, comme nous, sommes allés au diable et en sommes revenus...

— Pour y retourner peut-être encore...

— Ça, j'en suis !

— Parbleu !

— Est-ce qu'on va bourlinguer ?

— Pendant huit ou dix mois.

— Et on part ?

— C'est-à-dire, toi et moi nous partons demain.

— Y aura donc « des autres »?

— Oui, je t'expliquerai cela en détail ce soir.

— Alors, vous restez à partager mon fricot.

— Cela va sans dire.

« Je te ferai toutefois observer que, comme j'ai superlativement déjeuné, je serai un piètre convive.

— Vous savez bien que vous êtes chez vous, ici.

— A propos, tes travaux ?

— J'ai terminé depuis trois jours mon petit « laveur » perfectionné.

« Un vrai bijou !... ça fonctionne dans la per-

fection, et je garantis que le lavage ne laissera
pas perdre un atome d'or.

« L'amalgamateur est également paré à fonctionner. Je l'ai pourvu d'un appareil destiné à
prévenir les vols d'or ou de mercure.

— Bravo !

— J'ai également achevé votre modèle de
cartouche métallique directement réamorçable
avec une capsule de fusil à piston.

« Tenez !...

— Mais c'est superbe !

— Vous en êtes content ?

— Dis que j'en suis ravi.

— Alors, ça me suffit.

— As-tu pris le brevet, au moins ?

— Ma foi non, puisque c'est vous l'inventeur.

— Ne dis donc pas de bêtises...

« Ce brevet, c'est pour toi de l'argent, tu
m'entends.

« En admettant que j'aie des droits à son ex-
ploitation, je te les donne, et je veux que tu les
prennes.

« Maintenant, voyons notre affaire, en attendant que ton dîner soit prêt.

« Tu vas partir demain pour Brest à huit
heures du soir.

— Bon.

— Tu engageras pour un an, à dater du 15 sep.
tembre, dix matelots brevetés, un cuisinier et
un mousse.

— Puisque vous m'envoyez à Brest, c'est que
vous voulez des mathurins bretons, n'est-ce
pas ?

— Bien entendu.

— Ainsi, pas de mokos ?

— Pas de mokos.

« Plus deux mécaniciens pris parmi d'anciens
seconds maîtres et deux bons chauffeurs.

— Ça, c'est mon affaire, la machine.

— Plus deux patrons pour les canots, un
maître chargé de la cale et du poste de l'équipage, un maître canonnier, un timonier et un
maître d'équipage.

« En tout, vingt et un hommes et un mousse-

« Je me chargerai, quant à moi, du capitaine,
du second, du maître d'hôtel et du cuisinier des
passagers.

— C'est tout ?

— C'est tout pour le moment.

« Je n'ai pas besoin de t'engager à choisir des
sujets irréprochables...

« Je m'en rapporte pleinement à toi sur ce
sujet délicat.

« Tu pourras leur dire que c'est pour naviguer

à bord d'un bateau de plaisance, avec un capitaine bon enfant, mais qui ne plaisante pas sur le chapitre de la discipline.

« Il est essentiel qu'ils soient rendus au Havre dans quinze jours... Je tiens à les avoir le plus tôt possible sous la main et, si faire se peut, dans la main.

« Tu les amèneras toi-même en bloc, sans laisser un trainard.

— Compris.

« Quant au chiffre de la solde?

— Il est également subordonné à ton appréciation.

« Je sais d'avance que tu feras bien les choses et qu'il sera suffisamment rémunérateur, sans toutefois tomber dans la profusion.

« Il y aura, naturellement, à la fin de la campagne, une haute paie proportionnée au mérite de chaque homme.

« Quant à leur « délègue (1) », tu en calculeras le montant et tu déposeras la somme chez M. P..., banquier à Brest.

---

(1) Mot familier signifiant *délégation*. La délégation est la portion de la solde que le marin destine pendant son absence à sa famille ou à ses parents. Dans la marine de l'Etat, elle est payée à ces derniers par la caisse du port d'armement.

4.

« Voici l'argent de première mise, continua André en tirant de son portefeuille une forte liasse de billets qu'il remit à son interlocuteur et que celui-ci glissa dans sa poche, sans même compter.

— C'est tout ?

— C'est tout...

« Rien ne te retient ici, n'est-ce pas ?

— Moi ? allons donc, m'sieu André !... Je suis libre comme mon homonyme, le Friquet... le titi des oiseaux de Paris.

— Messieurs, le dîner attend, vint dire en entr'ouvrant la porte une bonne femme aux cheveux gris et dont l'extérieur rappelle la femme de ménage classique.

— C'est bon, m'ame Leroy, on y va.

« Pauv' bonne femme, ça va la chavirer, quand elle va savoir que je m'en vais.

« Bah ! j'assurerai son sort pendant mon absence, et elle m'attendra ici entre Titi, mon sansonnet, et Misère, mon chien.

. . . . . . . . . . . . . . . . . . .

Le lendemain matin, Friquet, revêtu de sa tenue numéro un, descend à pied de sa maison jusqu'au faubourg Montmartre, et enfile posément la rue Lafayette.

Il est environ neuf heures, et notre ami, sans

même paraître se souvenir qu'il doit, le soir même, prendre le train pour Brest, s'avance avec cette intraduisible désinvolture qui n'appartient qu'au flâneur parisien.

Le nez au vent, regardant filer les tramways, inspectant les devantures, lisant les affiches, allumant force cigarettes aux bureaux de tabac, il monte l'interminable rue Lafayette en savourant le va-et-vient vertigineux, le mouvement enragé qui effare le provincial, et au milieu duquel évolue le Parisien comme dans son élément essentiel.

Cette promenade a pourtant un but.

Friquet, qui a beaucoup de connaissances dans Paris, n'a qu'un ami, à l'exception de M. André, bien entendu.

Cet ami demeure à l'extrémité de la rue Lafayette, presque à Pantin, et Friquet s'en va tout naturellement lui faire ses adieux.

Le premier venu n'eût pas manqué de se faire conduire en voiture.

Friquet n'en a même pas eu la plus vague intention.

Bien au contraire. Comme il est près de partir pour longtemps, il veut jouir jusqu'à la dernière minute du contact immédiat de son asphalte, parcourir à sa fantaisie ses rues, évoluer librement dans l'atmosphère de sa ville.

C'est pourquoi il s'en va à pied, savourant, je
le répète, cette représentation quotidienne, que
Paris semble donner aujourd'hui pour lui seul.

Telle paraît être, du moins, son opinion, tant
il met de dilettantisme dans cette promenade
matinale qu'il fait durer aussi longtemps qu'il
peut, jusqu'au moment, enfin, où il s'arrête for-
cément devant la porte d'un marchand de tabac
liquoriste et se dit en aparté :

— M'y voici.

Il entre délibérément, salue poliment une
jeune personne installée au comptoir, et va pénétrer dans une pièce située au fond du débit,
quand des cris et des imprécations l'arrêtent
tout net devant la porte.

— Diable ! murmure-t-il, je tombe mal.

« Madame Barbanton a encore ses nerfs....

« Et quand la chère dame a ses nerfs, l'intérieur de mon pauvre ami est un enfer où Bel-
zébuth lui-même se trouverait mal à l'aise.

« Ma foi, comme, après tout, je veux serrer
la main à mon pauvre gendarme, *adieu vat!*

A ces mots, il frappe deux coups secs à la
porte, et pénètre, sans même attendre le sacra-
mentel : Entrez!

— Madame, je vous offre mes hommages!...
dit-il d'un air aimable.

« Barbanton, mon vieux camarade, bonjour !...

A ces paroles amies, un homme de haute taille, vêtu d'un pantalon à la hussarde et d'un gilet de tricot, porteur d'une rude et sympathique figure de vieux soldat, se retourne brusquement, tend les deux mains au jeune homme, et s'écrie d'une voix étranglée :

— Ah ! Friquet, mon cher enfant...

« Je suis bien malheureux !...

La dame à laquelle Friquet vient d'offrir ses hommages, lance au nouveau venu un regard de travers, et lui jette un : « Bonjour monsieur » qui siffle comme un coup de cravache.

Friquet, en homme qui en a vu bien d'autres, au lieu d'être interloqué par cet accueil au moins glacial, fait bravement tête à l'orage et s'installe de façon à montrer qu'il n'abandonne pas la place.

— Eh bien ! voyons, mon pauvre gendarme, qu'est-ce qu'il y a donc encore ?

— Il y a... Tenez !... il y a que je deviens enragé...

« Si ça continue, je vais faire un malheur.

« Regardez-moi bien en face.

— Eh ! là... là... répond Friquet en riant malgré lui, mais vous avez la figure en lambeaux !

« Est-ce que vous vous êtes amusé à faire de la boxe avec une demi-douzaine de chats ?...

— C'est madame Barbanton, ici présente, qui, depuis près d'une heure, essaie ses ongles sur mon cuir...

« Qui, non contente de cela, m'insulte, me couvre d'ignominies...

« Moi, un vieux soldat qui ai, pendant vingt-cinq ans, servi mon pays avec honneur et fidélité !

— Eh ! que voulez-vous, peut-être êtes-vous un peu vif! reprend Friquet sans croire un mot de ce qu'il dit...

« Chacun a son petit caractère.

— Si je suis vif, riposte non sans raison le blessé, ce n'est toujours pas pour arriver à la parade.

« Et pourtant, si je voulais!...

La femme, à ces mots, laisse échapper un bruyant éclat de rire, un de ces rires qui sonnent faux et font sortir de ses gonds l'être le moins colérique.

— Qu'est-ce que tu ferais ?...

« Dis donc un peu, pour voir, fit-elle, provocante et furieuse.

— Mais, malheureuse, si je n'étais pas un homme qui respecte la femme, parce qu'il se respecte lui-même, fort comme je suis, je t'écraserais la tête d'un coup de poing...

— Toi!... riposte-t-elle en avançant d'un pas.

— Oui, moi...

« Mais je n'ai pas représenté pendant vingt-cinq ans la loi pour aller m'asseoir sur les bancs de la cour d'assises...

— Toi!... fait-elle en avançant d'un second pas sur l'homme, qui recule...

« Eh bien! je vais te dire ton fait.

Allongeant en même temps la main par un geste aussi rapide que la pensée, elle empoigne vigoureusement le long bouquet de poils gris qui se tord en barbiche au menton de l'ancien gendarme, et tire de toute sa force, en criant d'une voix aiguë :

— Tu n'oserais pas, tu es trop lâche !...

Friquet, en entendant ces paroles stupéfiantes, ne sait plus s'il dort ou s'il rêve. En dépit de son sang-froid habituel, il est près d'être désarçonné.

— Mais, madame, dit-il presque timidement, je croyais, jusqu'à présent, que c'était tout le contraire, et que le lâche était celui-là qui, même quand il semble avoir tous les droits pour lui, lève la main sur la femme.

Friquet a raison. Mais madame Barbanton semble un de ces êtres vis-à-vis desquels il ne fait pas bon avoir raison.

Pendant que son mari, tiraillé avec une vigueur telle, qu'il est paralysé comme un cheval qui a le tord-nez, se débat éperdument, elle trouve le temps de lancer au jeune homme cette phrase odieuse et stupide :

— Vous !... je n'ai que faire de vos réflexions.

« Est-ce que je vous connais ?...

« Est-ce qu'on sait qui vous êtes et d'où vous sortez?...

Friquet, à ces mots, devient blanc comme un linge. Il se dresse, comme mû par un ressort, et fixant sur la mégère interdite ses deux yeux bleu d'acier qui flamboient étrangement, il murmure d'une voix sourde :

— Un homme qui aurait prononcé ces paroles à votre place, madame, serait bien à plaindre...

« Mais, vous êtes femme, et je vous pardonne.

L'ancien gendarme, enfin soustrait au supplice grotesque et cruel qu'il endurait, sauva fort heureusement par une boutade inattendue la situation, qui menaçait de tourner au tragique.

— Friquet a raison, et vous avez doublement la chance.

« D'abord, d'être une simple femme, et ensuite que nous soyions des Français.

« Aussi bien que j'aurais été un Turc et que vous aureriez porté la main sur ma barbe, je

vous faisais couper la tête, comme autorise la
loi musulmane.

— Fainéant !... glapit madame Barbanton,
qui, de plus en plus furieuse devant le calme des
deux hommes, prend le parti de battre en retraite et sort brusquement en fermant la porte
avec fracas.

— Ah! Friquet, mon pauvre camarade, comme
j'étais plus heureux chez les Canaques !...

« Comme le jour où nous faillîmes être mis à la
broche, avec M. André, sur les côtes australien-
nes, me semble doux en comparaison de celui-ci !

— Le fait est que le caractère de votre aimable moitié, d'acide qu'il était jadis, a complètement tourné au vitriol.

— C'est tous les jours la même chose ; tantôt
pour un motif, tantôt pour un autre.

« Ainsi, depuis huit jours, elle me fait un train
d'enfer pour me faire médeciner mes vins et
mes alcools... empoisonner mes clients et ris-
quer des contraventions.

« J'ai cédé sur tout... Mais, là-dessus, jamais!

« Je préfère envoyer promener le métier et
m'en aller au diable!

« Ah ! si je pouvais reprendre du service !...

— Tiens ! mais, à propos, je venais pour vous
faire mes adieux.

5

— Vous partez?

— Ce soir même, et pour près d'un an.

— Êtes-vous heureux, mon cher Friquet!

— Dites donc, vous parliez de tout lâcher...

« Si le cœur vous en dit, venez avec moi.

« C'est m'sieu André qui m'emmène.

— Avec M. André... Mille Canaques!...

— Vous savez combien il vous aime...

« Venez donc avec nous, vous êtes de la maison.

« Allons, c'est décidé, hein? Je vous emballe ce soir pour Brest.

« Faites votre valise, allons déjeuner, promenons-nous toute la journée comme des matelots en bordée franche, puis ce soir, à huit heures, en route !

— Eh bien! ça y est, répond énergiquement Barbanton.

« Dans un quart d'heure je suis à vous.

L'ancien gendarme a dit un quart d'heure. Dix minutes ne se sont pas écoulées qu'il sort de sa chambre à coucher avec une valise bouclée, entre les courroies de laquelle il a passé un fourreau de serge verte renfermant quelque chose de long et de rigide.

Son visage atrocement balafré rayonne.

Il pénètre avec Friquet dans le magasin.

madame Barbanton, calme, les nerfs reposés, la face rosée, trône à son comptoir et fait, ma foi, fort bonne figure, en face des petites balances de corne et de la série de boîtes à cigares.

— Vous avez manifesté souvent le désir de nous séparer, lui dit-il d'un ton légèrement goguenard.

« Vos vœux sont accomplis. Je m'en vais avec Friquet.

« Je vous laisse tout l'argent qui est à la maison.

« J'emporte seulement les deux cent cinquante francs que j'ai touchés hier pour la pension de ma croix.

« Vous pouvez demander et obtenir la séparation judiciaire contre moi.

« Ça m'est égal. J'espère que nos représentants voteront le divorce pendant mon absence.

« Adieu, Élodie Lerat, vous êtes chez vous.

— Bon voyage! glapit la mégère, vaguement inquiète pourtant, et plus alarmée qu'elle ne veut le paraître, à la pensée de perdre son souffre-douleur.

— Merci! répond Barbanton, pendant que

Friquet siffle, aussi faux que possible, l'air légendaire de monsieur Dumollet.

C'est pour le moins de circonstance.

Le soir même, les deux amis s'embarquaient à la gare Saint-Lazare, en destination pour Brest.

# CHAPITRE V

Deux mois se sont écoulés. Nous sommes, par conséquent, au 31 octobre, le jour où expire le délai assigné par André à ses amis. C'est donc demain que cette association de chasseurs parisiens, si bizarrement formée par une mutuelle infortune cynégétique, doit s'embarquer pour les mystérieuses régions des grandes chasses.

André a scrupuleusement rempli ses engagements. Grâce à son activité sans pareille et à ses merveilleuses facultés d'organisateur, grâce aussi à son immense fortune qui lui aplanit bien des difficultés, il a pu, en un temps relativement court, improviser de toutes pièces la future expédition.

Il a eu dès le commencement la main heureuse.

Pendant que Friquet procédait, à Brest, au recrutement d'un équipage, il établissait son quartier général au Havre et s'adressait aux principales agences maritimes de France et d'Angleterre, qui possèdent ordinairement tous les renseignements relatifs à l'achat, la vente ou la construction des bâtiments de commerce.

Comme il avait eu soin de promettre une forte prime à l'agence qui lui ferait conclure son marché, il n'eut pas longtemps à attendre, et fut presque aussitôt informé qu'un yacht se trouvait à vendre en rade de Brighton.

Le courtier, qui lui donnait la description complète du navire, allait même jusqu'à lui fournir les détails relatifs aux motifs de la mise en vente.

Construit depuis deux ans à peine par la maison Shaw, Turner et Bingham, de Liverpool, pour le compte d'un baronnet opulent et splénique, ce yacht n'avait encore fait que deux voyages : l'un au Cap, l'autre dans le Levant.

La navigation et le cosmopolitisme *at home* ayant été impuissants à guérir les humeurs noires du baronnet, celui-ci, de plus en plus splénique, avait jugé à propos de terminer d'un coup son existence misanthropique.

Il donna tout naturellement la préférence à la corde, ce genre de suicide éminemment anglais.

Mais, par une idée qui ne peut guère germer que dans le cerveau détraqué d'un citoyen du Royaume-Uni, il alla se pendre à l'extrémité de la vergue du petit perroquet de son yacht, le jour même de son retour en rade de Brighton, après avoir envoyé tout l'équipage à terre.

Cet incident s'était produit depuis seulement un mois, à la grande joie des héritiers, qui avaient mis séance tenante le navire en vente.

André, en homme qui ignore la superstition, s'en alla prendre aussitôt à Dieppe le paquebot qui, chaque jour, part pour Newhaven. Il monta sans désemparer dans le train de Brighton, courut au yacht, l'examina minutieusement, l'acheta sans plus tarder, et le paya comptant.

Il prit seulement le temps de s'aboucher avec un pilote qui se chargea, aidé de quatre hommes, d'amener au Havre son nouveau bâtiment, puis, après avoir embarqué à la hâte quelques provisions, allumé la machine et rempli les formalités relatives au départ, il mit le cap sur la côte normande.

Huit heures après, il entrait au Havre.

Pendant cette courte traversée, André a pu se convaincre qu'il a fait une excellente acquisition.

Il ne faudrait pas que ces mots de yacht, de bateau de plaisance donnent au lecteur l'idée d'une construction navale plus élégante peut-être que solide, et plus taillée en vitesse qu'en force.

Ce serait une erreur.

Le navire est une espèce de trois-mâts goëlette, ayant des voiles carrées au mât de misaine et des voiles latines seulement au grand mât et au mât d'artimon.

La longueur de sa coque atteint cinquante mètres au maître-bau, la surface du maître-couple est de treize mètres douze centimètres, et son déplacement de cinq cent quarante tonneaux.

Sa machine, qui possède une force nominale de soixante-douze chevaux, a donné aux expériences une vitesse moyenne de dix nœuds et demi.

Ses soutes contiennent quatre-vingt-cinq tonnes de charbon, dont la consommation moyenne est par jour de quatre tonnes.

Il résulte enfin, d'après l'ancien livre de bord, que sa vitesse moyenne à la voile est de huit nœuds à huit nœuds et demi à l'heure, ce qui fait à peu près quatre lieues terrestres.

On voit, par ce rapide aperçu, que le yacht est un vigoureux navire qui peut hardiment affronter les hautes mers et supporter vaillamment tous les risques de la navigation au long cours.

André lui a conservé le nom que lui a donné son premier possesseur, l'Anglais splénique, bien que ce nom ne signifie pas grand'chose, étant donné qu'on en ignore l'origine.

On l'appelle le *Blue-Bok*, ce qui veut dire l'*Antilope-Bleue*.

On sait, du reste, que l'antilope bleue — l'*antilope cerulœa* des naturalistes, le *bluebok* des colons du Cap — est un gibier fort estimé en Afrique australe.

André Brévanne a pensé, non sans raison, que ce navire, affrété pour des chasseurs, peut parfaitement avoir pour symbole le gracieux animal que l'on voit sculpté à la poulaine, et dont le nom est inscrit, au tableau de l'arrière, en lettres d'azur sur une bande d'or.

La machine est en excellent état, ainsi que la mâture, la voilure et les autres agrès. Il n'y

5.

a que d'insignifiantes réparations à opérer, et si
l'aménagement intérieur ne devait pas être modifié pour loger séparément dans sept chambres
les sept passagers, le nouvel armateur n'aurait
à se préoccuper de rien.

Bien qu'André ne soit pas marin de profession,
il possède des connaissances nautiques assez
étendues. Il les a laborieusement acquises pendant de longues et nombreuses traversées, alors
que, au lieu de tuer le temps, comme la plupart
des passagers ont coutume de le faire, à jouer,
à boire, à manger et à dormir, il a employé ses
loisirs à étudier la technologie et la pratique de
la navigation.

S'il ne peut prendre le titre de *capitaine*, il
n'en reste pas moins le maître absolu à bord,
en sa qualité de propriétaire d'un bâtiment de
plaisance.

Il s'est adjoint, en qualité de second, un capitaine au long cours très expérimenté, qui sera
chargé de la conduite du navire en tant que route
à suivre, sans avoir à s'occuper en quoi que ce
soit de la direction générale.

André reste donc le chef indiscuté de l'expédition, sans qu'aucune autorité puisse se substi-
tuer à la sienne.

Il n'eût pu jadis, n'étant pas capitaine breveté, assumer ce pouvoir sans limite. C'est seulement depuis quelques années, qu'un décret exempte de certains règlements la navigation de plaisance, assimilée autrefois à la navigation marchande.

Friquet, de son côté, a rempli avec autant d'intelligence que de ponctualité la délicate mission qui lui a été confiée dès le début.

Il a recruté un équipage modèle de matelots bretons qui ont été enchantés, à la pensée de naviguer sur un bâtiment à bord duquel il n'y a pas de marchandises à charger et à décharger, et où la manœuvre est si facile.

Friquet les a amenés à jour dit au Havre et les a présentés à André, qui les a aussitôt installés à bord.

Puis, saisis d'une véritable fureur de nettoyage, ils se sont mis à gratter, à frotter, à laver, à astiquer le navire à l'intérieur comme à l'extérieur, depuis la quille jusqu'à la pomme des mâts. Tous les agrès, vergues, voiles, manœuvres ont été minutieusement visités et réparés, les joints des bordages ont été calfatés, bref, le yacht a été complètement remis à neuf.

L'approvisionnement a bientôt commencé. Les soutes à charbon et les caisses à eau douce ont reçu leur contenu, ainsi que les soutes aux vivres et la cambuse.

Le yacht étant susceptible de fréquenter des parages au moins suspects, André a jugé à propos de remplacer les deux petits canons pour les signaux, des joujoux, par une vraie pièce d'artillerie, montée sur pivot, et du calibre de quatorze centimètres. La grande chaloupe, pourvue d'une machine à vapeur pouvant chauffer au bois ou au charbon, a été armée d'une mitrailleuse Nortdenfeldt, un de ces terribles engins avec lesquels se défendent les cuirassés contre les torpilleurs.

Les îles Malaises, surtout, étant plus que jamais infestées de pirates, l'*Antilope*, le cas échéant, pourrait être de bonne prise, et, ma foi, il est essentiel, dans ces pays où la force prime le droit, de s'inspirer du vieil adage toujours vrai :

*Si vis pacem, para bellum.*

Enfin, les jours se sont rapidement écoulés au milieu de ces multiples occupations, sans qu'André, confiant dans la parole de ses amis, ait jugé à propos de correspondre de nouveau avec eux.

A quoi bon, d'ailleurs. Ils ont reçu leurs instructions personnelles, nul doute qu'ils ne les aient remplies en temps et lieu et qu'ils n'arrivent au moment convenu.

Ce moment approche. Le départ ne sera bientôt plus qu'une question d'heures.

Le yacht a enfin embarqué ses vivres frais. Les animaux vivants destinés à l'alimentation sont parqués à l'avant, ou enfermés dans leurs cages : moutons, porcs, lapins, poules, canards, oies, dindons, bêlent, gloussent, crient ou caquètent, et protestent contre cette claustration jusqu'à ce que le mal de mer leur impose silence.

. . . . . . . . . . . . . . . . . . .

Il est huit heures du matin. Demain, à pareille heure, le pavillon de partance sera hissé, la cheminée vomira sa fumée noire, le yacht sera près de déraper.

André, debout depuis l'aube, absorbe à la hâte une tasse de thé, tout en feuilletant une épaisse liasse de papiers... les papiers du bord.

Il attend le courrier ; le dernier avant l'appareillage.

Deux coups discrets sont frappés à la porte, et apparait un facteur.

— Tiens ! dit André un peu étonné, vous avez un chargement...

—Des chargements, monsieur, répond l'homme de la poste...

« Voilà, continue-t-il en tirant de sa boîte un paquet de lettres dont il vérifie attentivement les suscriptions...

« Il y en a sept...

— Étrange! murmure André en signant le récépissé.

« Oui, plus étrange que nature, dit-il en aparté après avoir gratifié d'un bon pourboire l'homme qui se retire enchanté.

Il a comme un moment d'hésitation, avant d'ouvrir la première venue de ces sept enveloppes épaisses, fort lourdes, et uniformément constellées de cinq cachets de cire.

— Évidemment, ce sont *eux* qui m'écrivent.

« Est-ce que le courage leur aurait manqué au dernier moment?...

« Ah! pardieu! ce serait d'un comique achevé!...

« Voyons cela...

La première enveloppe qui lui tombe sous la main contient une liasse de billets de banque et quelques lignes fort brèves.

« MON CHER AMI,

« L'homme propose et les hasards de la vie

« disposent. J'étais libre il y a deux mois, au-
« jourd'hui je ne le suis plus.

« Je me marie dans trois semaines...

« Tout commentaire est inutile, n'est-ce pas?

« Croyez bien qu'il faut un motif aussi essen-
« tiel pour m'empêcher de partir avec vous.

« Du reste, votre voyage en compagnie de nos
« co-associés n'en sera pas moins agréable.

« Moi seul y perdrai.

« A vous cordialement,<br>« A*** D***.

« P. S. — Il est au moins convenable que,
« vous manquant au dernier moment, je vous
« indemnise des frais occasionnés par mon faux
« départ.

« Ci-inclus douze billets de mille francs. Est-ce
« assez ? »

André ne peut s'empêcher de rire.

— Bon !... En voilà un qui prend une femme
et ne voyage pas, pendant que Barbanton quitte
la sienne et s'embarque.

« Il y a compensation.

« A un autre...

« MON CHER AMI,

« J'ai trop aimé la chasse aux canards. Je

« paie bien cher aujourd'hui cette passion qui
« m'a fait barboter l'hiver dernier dans mes
« marais de Saint-Just, puisqu'un terrible accès
« de rhumatisme aigu me clouant au lit pour un
« temps indéterminé, me prive du bonheur de
« courir le monde avec vous.

« Si j'avais été transportable en chemin de
« fer jusqu'au Havre, je serais venu quand
« même.

« Mais je suis absolument perclus et inca-
« pable d'aucun mouvement!...

« *Nécessité n'a pas de loi !*

« Partez donc tous les sept et plaignez-moi
« de ne pouvoir vous accompagner.

« Ci-joint douze mille francs, auxquels j'é-
« value, sauf avis de votre part, le montant de
« mon dédit.

« Ne m'oubliez pas trop, et pensez quelquefois
« que je ronge mon frein loin de vous.

« H*** B***. »

— Ah !... ah !... fit railleusement André, il
faut avouer que, pour un chasseur de sauva-
gine, ce canard est bien trouvé...

« Allons, continuons. Ce courrier est inté-
ressant au possible.

« C'est Friquet qui va s'amuser tout à l'heure !

        « MON CHER ANDRÉ,

« Faute d'un moine... Vous connaissez le pro-
« verbe, n'est-ce pas ?

« Ne m'en veuillez donc pas si, au dernier
« moment, je vous reprends ma parole.

« Deux faillites successives viennent de m'en-
« lever la moitié de ma fortune.

« Ma présence est urgente à Paris pour en
« consolider les débris.

« Vous comprenez bien, n'est-ce pas, qu'il
« m'est absolument impossible de vous accom-
« pagner.

« Excusez-moi donc près de nos amis et
« croyez-moi toujours bien

                    « Votre
                « E*** L***.

« *P. S.* — Douze mille francs suffiront-ils à
« vous indemniser des dépenses faites en mon
« nom ? »

— Pauvre garçon ! reprit André toujours
railleur...

« A moitié ruiné !

« Mais c'était le cas ou jamais de faire des
économies en voyageant.

« ... Continuons à collectionner les canards.

« Comment! encore un proverbe pour commencer...

« MON CHER AMI,

« Fais ce que dois, advienne que pourra... Je
« sais bien qu'en ne vous accompagnant pas
« aux mystérieux pays des grands fauves, je
« perds une occasion unique.

« Mais, puis-je décemment partir, devant la
« situation qui m'est faite par suite de circons-
« tances tout à fait imprévues.

« Jugez-en. Le député de ma circonscription
« vient de mourir subitement. Les comités
« électoraux me font violence et me portent
« candidat quand même !

« Je ne m'appartiens plus.

« Je cède à la force, et vous laisse, à mon
« éternel regret, voguer tous les sept vers ces
« pays ensoleillés que je ne verrai peut-être ja-
« mais.

« Ci-joint quelques billets de mille, à titre
« de dédommagement.

« Votre bien dévoué,
« A*** DE L***. »

Pour le coup, André ne peut s'empêcher de

hausser franchement les épaules et de proférer
ce seul mot :

— L'imbécile !...

La cinquième lettre, contenant toujours la
somme fatidique de douze mille francs, débute
également par un proverbe.

« A l'impossible nul n'est tenu, n'est-ce pas,
« mon cher André?...

« Ne me tenez donc pas rigueur si, empêché
« par une cause mystérieuse et terrible, je
« manque au rendez-vous.

« *Je ne puis pas !...* ne m'en demandez pas
« davantage.

« J*** T***. »

— Mais, je ne demande rien du tout.

« Je constate simplement que l'ami J*** T***
ne s'est guère mis en frais d'imagination pour
trouver le canard.

« N'importe ! cela varie la collection.

« ... Décidément, c'est un massacre de proverbes, continua André en décachetant la
sixième lettre.

L'auteur de ce morceau d'éloquence débute
en effet par ces mots :

« Le vrai peut quelquefois n'être pas vrai-
« semblable... En d'autres termes, mon cher

« André, j'ai absolument oublié, en vous pro-
« mettant de partir avec vous et nos amis, que
« je dois accomplir, au mois de mars prochain,
« ma période d'exercices de treize jours.

« C'est absurde, mais c'est comme cela. Im-
« possible, d'ailleurs, d'obtenir un sursis, j'ai
« déjà été ajourné l'an passé.

« Vous ne sauriez croire combien je suis
« navré de ce contre-temps, qui m'enlève une
« occasion probablement unique d'accomplir un
« pareil voyage et dans des conditions aussi
« exceptionnelles.

« De deux maux je choisis le moindre, et,
« désertion pour désertion, je préfère encore
« affronter vos reproches, car l'autorité mili-
« taire ne plaisante pas.

« Croyez aux regrets les plus vifs de votre
« tout dévoué,

« G*** B***. »

— Allons ! de mieux en mieux.

« ... Je serais curieux de deviner le proverbe
exhumé pour la circonstance, par le dernier, et
le motif qu'il invoque.

« Voyons cela...

     « MON CHER ANDRÉ,

« Avant le combat, bien des courageux, dit

« le proverbe russe, que je médite depuis le
« jour où je me suis si légèrement engagé à vous
« accompagner dans votre croisière cynégétique
« autour du monde.

« Ce proverbe a raison. Car, combien reculent
« au moment du péril !

« Je suis un de ceux-là, et j'aime mieux vous
« l'avouer loyalement. A votre déjeuner d'ou-
« verture, j'ai pu m'emballer et me mettre de
« très bonne foi dans la peau d'un explorateur.

« Mais, depuis, combien de fois n'ai-je pas
« maudit vos vieux vins de Bourgogne blancs
« et rouges!

« J'ai hésité jusqu'au dernier moment à vous
« faire part de mes angoisses. Je comptais sur
« un retour d'héroïsme.

« Vain espoir! Décidément, mon cher André,
« je ne suis pas du bois dont on fait les explo-
« rateurs. Je le confesse à ma honte, je préfère
« mon existence inutile de coq-en-pâte bourgeois
« à votre vie d'aventures.

« Voyez-vous, j'aime bien boire, bien dormir,
« bien manger, et fort peu travailler. Les émo-
« tions vives troublent mes digestions, et les
« fatigues excessives me privent de sommeil.

« Les neuf dixièmes de mes congénères pen-
« sent comme moi, mais la plupart ne veulent

« pas avouer le vrai motif de leur couar-
« dise.

   « Vous me tiendrez compte de ma franchise,
« n'est-ce pas, et vous partirez vers ces mer-
« veilleux pays que je préfère explorer dans les
« livres.

   « Vous partirez avec nos amis... à moins que,
« au dernier moment, le courage ne leur man-
« que, ainsi que les bonnes raisons.

   « Je ne vois rien d'impossible à cela, et le
« contraire m'étonnerait.

   « Laissez-moi vous indemniser en acceptant
« les douze mille francs que renferme cette
« lettre, et croyez à la vive sympathie d'un
« voyageur en chambre qui vous admire et ne
« vous imite pas.

« F*** A***. »

   — Eh bien ! à la bonne heure, j'aime mieux
cela.

   « En voilà un qui, du moins, a le courage de
son opinion.

   Friquet entrait à ce moment dans la chambre
de M. André.

   — Tiens ! lui dit-il, prends ces lettres-là et
fais-toi une pinte de bon temps en les lisant.

   — C'est de nos futurs compagnons ?...

— Nous n'avons plus d'autres compagnons que nous trois.

— Pas possible !

« Tout ce monde-là a « cané »?

— Comme tu le dis.

— Et nous partons?...

— Demain plus que jamais !

« Mais, libres de toute entrave et de tout souci, toujours prêts à marcher de l'avant, sans forfanterie comme sans défaillance.

— Pas de clampins avec nous, et vivent les aventures !

« Patron, j'ai idée qu'avec votre titi et votre gendarme, vous allez en courir de corsées, des aventures...

« Ça sera le bouquet, après celles d'autrefois.

« As pas peur, et va de l'avant !...

« Notre peau est à l'épreuve et le navire porte de la corde de pendu !

# CHAPITRE VI

Le lendemain, l'*Antilope-Bleue* dérapait à la marée du matin et emportait, à travers l'inconnu, ces trois compagnons dont l'intimité peut, à bon droit, surprendre le lecteur.

Étant données pourtant les circonstances dramatiques et même invraisemblables à force d'étrangeté qui jadis ont réuni André Brévanne, le millionnaire, le gentleman accompli, Victor Guyon, dit Friquet, le gamin de Paris, et Phi-

Les noirs se jettent à ses genoux. (Page 101.)

libert Barbanton, l'ancien gendarme colonial, cette intimité n'a rien que de naturel.

J'ai raconté jadis (1) comment Friquet, dévoré de la passion des voyages, avait osé, sans autre capital que ses dix-huit ans, sa santé de fer et son audace incroyable, entreprendre le tour du monde, et, qui plus est, le réaliser.

Ils se connurent pendant ce voyage aussi réel que fantastique.

André administrait alors, pour le compte de son oncle, riche armateur du Havre, une importante factorerie, située à Adanlinanlango, sur l'Ogôoué, le fleuve de l'Afrique équatoriale.

Après un court voyage en France, il retournait à la factorerie et profitait, pour remonter le fleuve, d'une chaloupe à vapeur appartenant à l'État, et dont la mission était de rechercher un médecin de marine, enlevé depuis peu par les riverains.

Ces riverains, les Osyébas, des anthropophages féroces entre tous, attaquèrent la chaloupe, qui allait être capturée après une lutte désespérée, grâce à un incident qu'il était impossible d'éviter ni même de prévoir.

(1) *Le Tour du Monde d'un Gamin de Paris.* (Librairie illustrée, 7, rue du Croissant, Paris.)

6

L'hélice, enrayée par des branches et des lianes aussi tenaces que des câbles, cessa tout à coup de fonctionner, au moment où la chaloupe s'élançait pour rompre une redoutable ligne de pirogues.

Les malheureux Français se trouvant à la merci des cannibales, devaient infailliblement succomber, quand un chauffeur se jette intrépidement à l'eau, plonge à plusieurs reprises, pendant que les marins font un feu d'enfer pour empêcher les pirogues d'approcher.

Il a le bonheur de dégager l'hélice. La chaloupe manœuvre. C'est le salut.

On lui jette un grelin pour qu'il se hisse à bord. Par malheur un morceau de pirogue broyée par la mitraille, le heurte à la tête... il coule à pic.

André, qui fait le coup de feu comme le plus brave des matelots, voit le péril mortel que court l'héroïque sauveteur. Sans hésiter un instant, il enjambe le bastingage, et se précipite pour le secourir.

A ce moment, la chaloupe virait de bord. Saisie par le courant très rapide en cet endroit, elle est entraînée de façon à ne plus pouvoir porter assistance aux deux malheureux qui se débattent dans le fleuve.

Ils abordent enfin, mais pour être saisis par les anthropophages.

Ce petit chauffeur que l'on avait à peine entrevu jusqu'alors, ce vaillant compagnon qui plaisante en face de la noyade, nargue les cannibales, et conserve au milieu des circonstances les plus terribles son inaltérable gaieté, c'est Friquet, le petit Parisien... Friquet, faisant son tour du monde, comme il convient à un voyageur qui loge le diable dans son escarcelle.

On jugera par ce qui précède, si cette connaissance opérée au milieu du fleuve équatorial, entre des gueules de crocodiles et des mâchoires de cannibales, produisit une rapide intimité entre les deux jeunes gens.

Rappellerai-je leur esclavage chez les Osyébas qui les engraissèrent pour les manger, leur fuite à travers la région du Gabon, les périls courus ensemble et les souffrances si vaillamment supportées.

Rappellerai-je comment Friquet, séparé de son compagnon, tomba au pouvoir de pirates, fut amené jusque sur les côtes de la République Argentine, s'évada de nouveau, fut pris par les Peaux-Rouges, leur échappa, franchit la Cordillère, et retrouva à Valparaiso son ami André.

Ils traversent l'océan Pacifique, mais la dé-

veine les poursuit. Jetés sur les rives austra-
liennes, ils tombent une seconde fois entre les
mains d'anthropophages, qui se préparent
incontinent à les mettre à la broche, avec une
garniture de patates douces.

Friquet, que sa verve endiablée n'abandonne
jamais, constate plaisamment qu'il ne peut y
avoir au monde un coin où l'homme « popote »
son semblable, sans que lui, Friquet, ne soit
immédiatement poussé dans la lèchefrite.

Si cela continue, il se plaindra à l'autorité.

Mais, les sauvages australiens, peu sensibles
au sel de ses plaisanteries, se précipitent sur lui
et son compagnon André.

Ils sont perdus!...

Tout à coup, un cri sonore retentit au milieu
de la nuit.

— Halte-là!... au nom de la loi!

Et l'on voit apparaître, en grand uniforme,
un gendarme français auquel les lueurs du foyer
donnent des proportions épiques.

Ce gendarme, c'est Barbanton, Onésime-Phi-
libert, qui vient de faire naufrage au moment où
il rentrait en France, après avoir reçu son congé
de retraite à la Nouvelle-Calédonie.

L'entrée dramatique de ce guerrier, son organe stentoréen, sa haute taille, son uniforme

étrange, tout cela frappe de stupeur les anthropophages, auxquels il intime l'ordre de rompre
les rangs.

Ceux-ci, ignorant les subtilités de la langue
française, restent ébaubis.

Barbanton qui réitère, mais en vain, voit dans
ce refus d'obtempérer un signe manifeste de résistance à l'autorité.

Il tire son sabre et déclare qu'il va disperser
par la force ce rassemblement illicite, car sa
patience *est à bout.*

Il se précipite, bute contre une racine, s'étale
rudement à terre, se relève d'un bond, ramasse
son chapeau qui a jailli au loin et se couvre
majestueusement.

O merveille! Les noirs se jettent à ses
genoux, tendent vers lui des mains sup-
pliantes, et murmurent plaintivement le mot de
*Tabou!...*

Barbanton en disant : « Ma patience *est à
bout* » a fait un calembour involontaire, et les
natifs, un quiproquo.

Ils ont compris que le guerrier déclarait *Tabou*
(sacré) son chapeau...

D'ores et déjà, le gendarme, couvert du monument, est lui-même Tabou, et il s'empresse,
naturellement, d'associer à son inviolabilité ceux

6.

qu'il vient de sauver si miraculeusement.

Le *Tour du Monde d'un Gamin de Paris*
se termine, après de nouvelles aventures qu'il
serait superflu de raconter ici, en compagnie de M. André et du gendarme qui se trouve
associé d'abord par la force des choses, ensuite par sympathie, à cette fantaisie du titi
parisien.

Rentré dans ses foyers, le gendarme quitta
le harnais militaire et exploita à Paris un bureau
de tabac qui lui fut donné en raison de ses bons
services comme complément de sa pension de
retraite.

Hélas! le pauvre Barbanton qui pouvait lé-
gitimement compter sur un repos vaillamment
conquis, au cours de longues années passées
sous le climat meurtrier de nos colonies, ne
trouva pas le calme qu'il espérait.

On a vu comment son épouse, née Elodie
Lerat, s'ingéniait à transformer en enfer le mo-
deste débit de marchand de tabac-liquoriste.
Devant cette tyrannie incessante, féroce, raffi-
née qui ne lui laissait aucune trêve, l'infortuné
gendarme en était arrivé à regretter chaque jour,
presque à chaque heure, les Canaques et en général tous les anthropophages des deux hémis-
phères.

Entre temps, Friquet et André partaient pour un nouveau voyage en Océanie (1).

Il s'agissait, pour eux, de fonder à Sumatra une entreprise commerciale et agricole devant donner de superbes résultats.

Des circonstances totalement imprévues et plus fortes que leur volonté, purent seules les empêcher de donner suite à ce magnifique projet, déjà réalisé partiellement.

Ils durent quitter Sumatra, coururent de nouveaux et terribles dangers, et devinrent les héros d'aventures absolument stupéfiantes, notamment le gamin de Paris qui fut, pendant vingt-quatre heures, sultan de Bornéo!...

Force leur fut de rentrer en France, riches seulement d'espoirs nouveaux et possédant une expérience chèrement acquise, mais complètement à bout de ressources!

Sur ces entrefaites, l'oncle d'André, l'armateur archi-millionnaire du Havre, mourut, en laissant à son neveu qu'il aimait paternellement son immense fortune.

La première pensée de l'héritier fut d'associer Friquet à sa nouvelle vie et de le mettre au moins à l'abri des besoins matériels.

(1) Voir les *Aventures d'un Gamin de Paris en Océanie*. (Librairie illustrée, 7, rue du Croissant, Paris.)

Mais, le gamin de Paris ne l'entendit pas ainsi.

C'est en vain qu'André, pour triompher de son obstination, employa les moyens les plus propres à ménager sa légitime susceptibilité, Friquet fut inflexible.

Il ne comptait pas vivre « aux crochets des autres », surtout de ses amis.

En conséquence, il demanderait au travail ses moyens d'existence.

— Mais, au moins, s'écria André à bout d'arguments, tu me permettras bien de t'avancer les fonds nécessaires à ton installation.

« Tu me rendras cela quand tu pourras... je ne te demande pas d'intérêts.

Friquet accepta et, tout en travaillant à refaire son instruction première, il reprit sa profession de mécanicien-ajusteur dans laquelle il excellait.

Le gamin de Paris avait le don de l'invention.

Patient comme un bénédictin, malgré son apparence évaporée, travailleur acharné, d'une sobriété d'ascète, primesautier comme un véritable Parisien, il possédait, en outre, une singulière habileté manuelle.

En moins d'une année, il inventa ou perfectionna plusieurs instruments d'un usage courant dans l'industrie, entre autres un appareil pour l'estampage des boutons de métal. C'est lui qui,

le premier, construisit cet outil si simple, si
ingénieux qui fend, bottelle et attache d'un seul
coup le petit cotret des charbonniers parisiens,
et qui eut l'idée de l'adapter à la fabrication des
allumettes.

A son profond étonnement, l'argent commença
à entrer dans sa poche.

Il est vrai qu'il eût été parfaitement incapable
d'exploiter ses brevets, si André n'eût pris la
direction de ses affaires, auxquelles il donna une
grande extension, grâce à une publicité incessante.

Aussi, Friquet, sur le chemin de la fortune,
offrit-il bientôt ce phénomène assez inusité d'un
inventeur qui gagne largement sa vie, sans que
l'ineptie de ses contemporains le réduise à la
misère.

On a vu précédemment qu'il venait de mettre
la dernière main à un instrument destiné au lavage des terres alluvionnaires contenant de l'or
en grain ou en poussière.

C'était là son triomphe.

Mais, que lui importe l'aisance aujourd'hui,
demain la fortune!... Que lui importe aussi ce
repos si durement acquis!...

Que lui importe, enfin, son cher Paris lui-
même!... du moment qu'il s'agit de courir les

aventures avec « m'sieu André, « son Dieu sur la terre !

Il n'a pas une seconde d'hésitation. Il ne demande ni où l'on va, ni comment on part, ni quelle sera la durée du voyage.

Il laisse tout en l'état, comme s'il allait acheter du tabac au bureau voisin, se contente d'assurer, dans la limite de ses moyens, la subsistance de sa vieille gouvernante... et puis, largue tout!...

Cette subite renonciation à une vie tranquille et abondante ne doit rien avoir d'ailleurs, dans le cas présent, de trop excessif.

Il suffit, pour s'en convaincre, d'examiner les conditions exceptionnelles dans lesquelles doit être opéré ce voyage, et c'est ce que le gamin de Paris répète à satiété.

— Parbleu! dit-il, le beau mérite de bourlinguer dans un bateau qui ressemble à un palais, d'habiter une chambre qu'on dirait un boudoir, de manger comme au Café Anglais, d'aller où l'on veut, et de ne rien faire que c'en est fatigant !

— Le fait est, reprend Barbanton, que quand on a habité comme nous le poste de l'équipage, on remarque un certain changement, en se trouvant dans cette position qu'un amiral il ne pourrait lui-même demander mieux !

— Vous parlez du poste de l'équipage, ami gendarme, mais que diriez-vous si, comme moi, vous aviez fréquenté jusqu'à extinction les chaufferies et les soutes à charbon...

« Non, vraiment, je trouve que c'est trop beau, ici; ça m'intimide, quoi!

— Au contraire, Friquet, interrompt majestueusement le gendarme, je proclame qu'il ne saurait rien y avoir de trop cossu pour vous, qui avez été sultan de Bornéo, pour moi, qui ai été bon Dieu chez les anthropophages, et à plus forte raison pour m'sieu André, qui pourrait être, s'il voulait, emperrreur de partout.

« Voilà mon opinion.

« Quant aux particuliers qui ont lâché notre patron, je m'abstiens sur leur compte...

— Des clampins, riposte Friquet, et je ne mâche pas le mot.

Il faut, en effet, être des terriens endurcis, abrutis de sédentarisme ou affolés de pusillanimité, pour manquer, de gaieté de cœur, comme l'ont fait les sept chasseurs, l'occasion d'explorations aussi originales et aussi substantielles.

Nous disons : de gaieté de cœur, car ni M. André, ni Friquet, ni même le gendarme ne sont dupes des prétextes que ces voyageurs

pour rire ont inventés au dernier moment, e
assaisonnés de proverbes appropriés à la cir
constance.

Tout prouve, en effet, leur défaillance
puisque chacun ignorant la mutuelle reculade,
cru, de son côté, être seul à reprendre sa pa
role... et le choix du moment pris pour notifier, à
la dernière heure, cette détermination au che
de l'expédition, est à lui seul une preuve indis-
cutable.

Le beau de l'affaire, c'est que tous ont dû se
dire : « Bah ! ma lettre arrivant quelques heures
avant le départ, on ne voudra rien changer au
plan primitif... Une seule absence ne saurait
modifier l'économie générale du projet... Un de
plus, un de moins, qu'importe, en somme... ma
défection passera inaperçue.

Qui diable, en effet, allait prévoir une couar-
dise aussi générale !

Pas même les intéressés.

Mais, passons...

Nous n'eussions même pas approfondi cet
incident, s'il n'eût été la cause de ce luxe et
surtout de cette profusion inutiles à des hommes
aussi endurcis que les passagers de l'*Antilope-
Bleue*.

Nous ne nous arrêterons donc pas à l'éclat de

la décoration du navire, ni à la surabondance de l'approvisionnement.

André comptait sur dix passagers, dont sept au moins habitués à tous les raffinements de notre civilisation contemporaine, et il a agi en conséquence.

Il n'est pas cause si les consommateurs manquent et si, par conséquent, il y a de tout en excès.

L'armement qui devait être personnel à chacun des chasseurs, se trouve également en surabondance.

Étant donné le but de l'expédition, et sachant par expérience que des armes de premier choix sont indispensables au plaisir et à la sécurité du tireur, André a donné une attention toute particulière à cet armement qui exige une courte description.

Aussi, son premier soin, avant même de partir pour le Havre, avait été d'aller trouver Guinard, et de s'entendre avec lui relativement à ce point essentiel.

Après deux heures de conversation avec l'habile armurier de l'avenue de l'Opéra, il fut convenu que chaque chasseur recevrait : 1° Une carabine calibre 8, sans chiens, à triple fermeture de Greener, avec canons doubles de

7

soixante centimètres de longueur. Cette arme,
dont le poids atteint sept kilogrammes deux
cents grammes, supporte, sans la moindre gêne
pour le tireur, une charge de dix-sept grammes
et demi de poudre, et parfois même vingt
grammes; elle nécessite l'emploi de la balle
sphérique et de la cartouche métallique.

Nous reviendrons plus tard sur les motifs qui
font employer ces projectiles pour la chasse
spéciale des grands fauves, comme éléphants,
hippopotames, buffles, rhinocéros.

Disons seulement que pour tuer raide un animal aussi plein de vitalité qu'un éléphant adulte,
que pour culbuter une masse aussi résistante,
il faut une arme joignant à une pénétration
considérable une grande puissance de choc, et
une égale puissance paralysante.

C'est pour la même raison qu'on a augmenté
le volume et modifié la forme des projectiles
employés dans la marine pour rompre les blin-
dages, entre autres des « boulets de rupture ».

Cette carabine, réglée seulement pour cent
quatre-vingts mètres, a un but en blanc de
quatre-vingt-dix mètres. On tire d'ailleurs bien
rarement d'aussi loin.

2° Un fusil double également de calibre 8,
construit de manière à utiliser la même cartouche

que la carabine, et pesant à peu près le même poids.

Les canons lisses, d'une longueur de soixante-dix-sept centimètres, tirent à petite distance la cartouche à balle, et l'arme est encore, malgré son poids, assez maniable pour permettre de faire feu au vol sur les oiseaux d'eau qui se tiennent ordinairement hors de la portée des calibres plus faibles, notamment les canards, les ibis, les flamants, les aigrettes ou les spatules, etc...

Ces engins devant être toujours portés par des hommes « ad hoc », jusqu'au moment de les employer, l'armement se compléterait : 3° d'une carabine Express, du calibre de onze millimètres vingt-cinq, pesant quatre kilogrammes et demi, qui serait l'arme particulière du chasseur et ne devrait jamais quitter sa main.

La carabine Express repose sur le principe d'une charge de poudre considérable, d'une balle légère, creusée antérieurement, susceptible de prendre, en traversant les tissus, une large expansion, d'une rayure à pas allongé, et d'une grande vitesse initiale.

Cette balle qui ne pèse que dix-sept grammes et demi est poussée par sept grammes et demi de poudre. Aussi, atteint-elle un but en blanc de cent trente-cinq mètres, avec une portée utile d'environ trois cents mètres.

Le lecteur remarquera qu'il n'est aucunement question ici d'armes dites à longue portée. A quoi bon? L'homme qui chasse les grands fauves ne tire qu'à très courte distance, et les armes qu'il emploie sont construites spécialement dans ce but. Non seulement elles ne sauraient être pourvues des appareils fragiles et encombrants des armes de tir, mais encore la rayure n'est plus la même.

Malgré la petitesse de son calibre, mais grâce à sa vitesse initiale considérable résultant de la charge de poudre, grâce aussi à l'évidement tubulaire de la balle qui se déforme et broie les tissus, la carabine Express de onze millimètres vingt-cinq est assez puissante pour attaquer les cervidés, y compris l'élan et les antilopes de la plus grande taille, ainsi que le léopard, la panthère, le tapir, l'ours et le tigre.

4° Un fusil de chasse calibre 16 à canons chokebore pour la chasse aux petits quadrupèdes et au gibier à plumes.

5° Un revolver américain du calibre de onze millimètres vingt-cinq, constituant une arme de défense des plus redoutables.

Ces armes ont été exécutées sur commande

et livrées en temps et lieu par Guinard, avec
cette élégance, ce fini qui caractérisent tout ce
qui sort de cette maison de premier ordre.

Les caisses à munitions, les boîtes à fusil, les
fourreaux, les effets de grand et de petit équipement, ceux de campement sont également sor-
tis des magasins de l'avenue de l'Opéra, où un
explorateur peut, en moins de huit jours, se
munir de tous les objets indispensables.

Tout cela est arrivé à bord avec l'armement
particulier de l'équipage, qui se compose de carabines Winchester à répétition.

André sera probablement seul à en faire
usage, car ni Friquet ni Barbanton ne sont
chasseurs d'instinct. Ils savent à l'occasion se
débrouiller l'un et l'autre et envoyer assez
proprement une balle à son adresse, mais le feu
sacré leur fait défaut.

Il est entendu qu'ils se tiendront toujours aux
côtés d'André, dans les moments critiques, et lui
passeront les armes de rechange, à l'exclusion
des porteurs indigènes qui, trop souvent, manquent de calme et s'enfuient quand il faudrait
posséder ce courage froid qui vous fait stoïque-
ment rester en place; le plus rare, il est vrai.

. . . . . . . . . . . . . . . . .

Nous avons, au chapitre premier, assisté à

leurs débuts, alors que, après plusieurs escales
sans intérêt sur la côte occidentale d'Afrique,
le yacht s'était arrêté à Sierra-Leone.

André, voulant pousser une pointe dans le
pays des gorilles, avait laissé son navire en vue
de Free-Town. Il s'était avancé avec ses deux
compagnons jusque sur ce lieu où s'opéra la
rencontre stupéfiante de l'épouse du gendarme,
que son mari délivra fort à propos des mortelles étreintes du singe géant.

# CHAPITRE VII

Il est de ces chocs dont la violence et l'imprévu sont susceptibles de faire sombrer les intelligences les plus robustes et les mieux équilibrées.

Tel fut celui que ressentit au cerveau le malheureux gendarme, au moment où, après avoir magistralement culbuté le gorille d'un coup de carabine, il reconnut, dans la personne qu'il venait de délivrer, son épouse elle-même, madame Barbanton née Élodie Lerat!

Pendant un instant, il lui sembla que ses idées, tumultueusement mélangées, dansaient une sarabande folle, et qu'elles n'avaient plus dans les mots leurs équivalents habituels.

Puis, une brusque réaction, résultant de l'invraisemblance absolue du fait, s'opéra soudain.

Barbanton éclata d'un rire nerveux et s'écria :

— Ah!... Ah!... Ah!... comme c'est amusant!...

« Je rêve de mon aimable conjointe... car je rêve, n'est-ce pas, M. André... n'est-ce pas, Friquet...

« Vous me regardez avec des figures à l'envers... Est-ce que j'ai pris un coup de soleil?

« Ce ne serait pas le premier... ça donne le cauchemar, le coup de soleil...

« Si ce n'est pas cela, piquez-moi... pincez-moi...

« Friquet, donnez-moi un de vos solides coups de poing... je veux m'éveiller... car, vrai... le rêve n'est pas drôle!

« Ah! vous ne voulez pas... eh bien! je vais essayer moi-même.

Là-dessus, le pauvre homme prend son briquet de fumeur, enflamme la mèche d'un coup sec frappé sur le silex, et applique sur le dos de sa main la substance incandescente.

La morsure du feu lui arrache un cri aigu!...

— Mille noms d'un diable!... je ne dors pas...

« C'est donc elle!... et... mon malheur est complet.

André, sans s'arrêter aux doléances de son compagnon, s'est porté au secours de la malheureuse femme, qui ne vit que par miracle, après une aussi terrible aventure.

Elle respire péniblement, et fait des efforts surhumains pour articuler quelques paroles.

Grâce aux soins intelligents que lui prodigue le chef, elle reprend enfin ses sens, balbutie un remerciement, et essaie de se lever.

André l'engage au silence et à l'immobilité, puis il ajoute :

— Il y aurait plus que de la témérité à tenter de marcher en ce moment...

« Nous allons organiser un brancard, et mes hommes vous transporteront jusqu'à la ville.

— Je ne veux pas vous causer le moindre embarras, dit-elle d'une voix qui s'affermit bientôt.

« N'ayant demandé conseil à personne pour me mettre en route, il est tout naturel que je subisse les conséquences de ma position...

« Je marcherai...

— Vous permettre une telle imprudence, ma-

7.

dame, serait de ma part un crime de lèse-hu-
manité.

« Mes noirs, ainsi que je viens d'avoir l'honneur de vous le dire, vous porteront jusqu'à
Free-Town.

— Eh bien! j'accepte... mais, à une condition.

— Oh! gronda d'une voix contenue le gendarme à l'oreille de Friquet, elle impose déjà
des conditions.

— Chut!... silence.

« As pas peur!... Le patron est un homme bien
élevé, mais n'allez pas croire que votre épouse
fera pivoter l'expédition comme le bureau de
tabac de la rue Lafayette.

— Madame, répondit poliment André, tous vos
désirs seront accomplis en ce qui me concerne.

« Vous n'avez qu'à parler.

— Je vous prierai de m'accompagner au con-
sulat français...

— Je suis à votre disposition.

— Pétard! murmure en aparté Friquet, comme
c'est beau tout de même, un homme bien élevé!

— Je désirerais aussi que M. Victor Guyon
vînt avec vous, ainsi que mon... mon mari.

— Comme chef de l'expédition, je n'ai pas le
pouvoir de leur en donner l'ordre, mais, comme
ami, je puis les y engager.

« N'est-ce pas, Friquet? n'est-ce pas, Barbanton?

— Certainement, madame, que je vous accom-
pagnerai, dit le gamin, ne fût-ce que pour vous
aider, dans la limite de mes moyens, à éviter
le retour d'une pareille aventure.

Quant au gendarme, c'est en vain qu'il essaie
d'articuler un mot. Sa bouche s'ouvre et se
ferme convulsivement et il ne peut que grogner
un heu!... heu!... n'ayant rien d'euphonique, ni
de significatif.

— Merci, monsieur Friquet, reprend la femme.

« J'ai été un peu dure, là-bas, avant votre départ...

— Parlons donc pas de ça, si vous le voulez
bien.

— Au contraire, madame, parlons de cela...
et rien que de cela!... exclame d'un ton tragique
et de sa plus belle voix de commandement l'ancien gendarme.

« Parbleu!... c'est bien commode, d'insulter
les gens jusqu'à la bride, et de venir ensuite
troubler la tranquillité dont ils jouissent dans
ces lieux *champêtres!*...

— Champêtre est joliment trouvé, ne peut
s'empêcher d'interrompre au passage Friquet.

— Car enfin, que faisiez-vous, tout à l'heure,

en haut de cet arbre?... au lieu d'être à la maison.

— Je vous cherchais, répond doucement l'héroïne de la lutte engagée jadis rue Lafayette.

Cette réponse catégorique et le ton dont elle est faite, désarçonnent le vieux soldat.

« Quant à la maison, je l'ai confiée à un gérant auquel vous pouvez avoir toute confiance

— Oh! reprend Barbanton avec un dédain superbe, le débit... c'est pour moi la moindre des choses.

« Comme je n'ai pas l'intention d'y rentrer jamais, vous êtes bien libre d'en faire ce que bon vous semble.

« Alors, pourquoi me cherchiez-vous, au point de faire invasion dans ces territoires?...

— Parce que j'ai besoin de vous.

— Et vous avez besoin de moi?...

— Pour une signature à donner devant le consul avec ces messieurs comme témoins.

— Quelle signature?...

— Assez! Barbanton, assez, mon vieil ami, interrompt affectueusement et avec fermeté le chef.

« Ce n'est ni le lieu ni le moment de discuter le motif impérieux qui a poussé madame à braver de pareils dangers, et vous la fatiguez inutilement.

— Suffit !... m'sieu André.

« Vous êtes mon commandant, et... c'est la consigne.

« Où vous irez, j'irai.

— C'est bien, mon brave camarade, et je vous remercie.

Pendant ce colloque, les noirs ont rapidement improvisé un solide brancard avec des tiges de bois dur jointes par des lianes et garnies d'un épais matelas de frondaisons.

En dépit de l'énergie dont elle vient de faire preuve, la voyageuse est presque défaillante quand elle y prend place.

André, toujours prévenant, fait installer au-dessus d'elle une sorte de dais en feuillage, afin de la soustraire aux rayons du soleil, au moment du passage des clairières.

Puis, la troupe se remet en marche.

Friquet et Barbanton restent à l'arrière-garde, avec un noir, pour dépouiller le singe dont André veut conserver la peau.

Ils procèdent lestement à cette besogne et rattrapent seulement à la halte du soir le groupe, au campement qui vient d'être installé pour la nuit.

— Et dire, s'écrie piteusement le gendarme, quelques moments avant d'arriver, que ce n'est pas le sentiment qui l'a fait s'embarquer dans une pareille aventure !...

« Pas un mot affectueux à mon égard !...

« Rien !... Rien que cette seule parole : « J'ai besoin de vous. »

« Eh bien! nous verrons!... Foi de Barbanton.

— Nous ne verrons rien du tout, mon vieux camarade.

« Vous êtes un luron, ça, c'est connu.

« Vous êtes même une espèce de souverain théocratique chez les sauvages de la presqu'île d'Yorck, qui chantent en manière de « God save the Queen » le « *Barbanton-Tabou !... »*

« Si votre pouvoir est un jour officiellement reconnu par vos copains, les monarques d'Europe, on vous appellera : Altesse...

« Eh bien! tout luron, tout manitou, et tout altesse que vous êtes, vous caponnerez... mais là, ce qui s'appelle caponner dans les grands prix !...

« Et vous aurez raison... j'en ferais autant à votre place.

Barbanton se mit à siffler faux, mais faux !...

« *J'ai du bon tabac...*

Puis il ajouta, d'un air que Friquet ne lui

connaissait pas encore, tant il révélait d'entê-
tement poussé jusqu'à l'absurde :

— Nous verrons, Friquet !

« Rappelez-vous que j'ai dit : Foi de Barbanton !

— Rappelez-vous aussi qu'une femme qui
accomplit un pareil tour de force n'est pas une
femme ordinaire.

L'appréciation de Friquet n'a, en effet, rien
d'exagéré.

Après cette épouvantable aventure, suivie
pendant au moins cinq heures d'un transfert
des plus incommodes sur les épaules des noirs,
la voyageuse, qui devrait être rompue, est tranquillement assise adossée à un arbre, et mange
avec autant d'impassibilité que d'appétit un
morceau de venaison froide, avec une igname
en guise de pain.

Pour posséder une telle résistance, cette
femme doit allier à un organisme des plus vigoureux une énergie exceptionnelle.

Elle a environ trente-cinq ans, mais paraît à
peine son âge, grâce à un léger embonpoint qui
la préserve des rides.

Prise en bloc, sa physionomie, qu'un observateur superficiel trouverait insignifiante, n'a
rien de déplaisant, avec son expression calme,

comme reposée ; mais il ne faut pourtant pas
l'analyser en détail.

Sa peau est sans fraîcheur, et un peu grise,
mais le grain en est fin. Ses yeux sont petits,
légèrement bridés, mais ils ont un singulier regard, avec leur couleur vague, composée de
roux, de jaune et de châtain. Le front, comprimé aux tempes, est beau de profil, mais
singulièrement étroit de face. Le nez, sans
caractère, rappelle vaguement un bec de canard, mais un de ces becs rappelant aussi le
museau de certaines espèces de serpents.

Enfin, la mâchoire est forte, gourmande,
avec des dents aiguës, écartées, des lèvres
minces, décolorées, et un menton pointu.

Cet ensemble, au moins irrégulier, n'a pourtant rien de trop disgracieux. Il n'est pas sans
analogie avec celui d'une tête de félin, mais
chaque partie offre à l'observateur attentif un
caractère franchement répulsif.

Elle est en outre de très grande taille, avec
les épaules larges, la poitrine étoffée, les bras
vigoureux, la main forte, mais bien faite, un
peu grasse, avec des doigts pointus à fossette.

C'est ce qu'elle a de mieux, et Barbanton,
qui s'y connaît, prétend que ce membre possède
une vigueur que ne désavouerait pas un boxeur.

Dans tous les cas, une singulière créature, sans loquacité, sans émotion, paraissant avoir autant d'énergie que d'empire sur elle-même.

Loin de posséder, d'ailleurs, le « bagout » de la Parisienne, elle a l'élocution difficile, cause peu et semble absorbée par une pensée tenace.

Elle se retire, après un léger salut, sous une hutte de branchages qu'on lui a préparée, puis les hommes tendent leurs hamacs, garnissent les feux, et chacun s'endort sous la garde des sentinelles.

La journée du lendemain et une partie de celle du surlendemain se passent en présence de fatigues et de difficultés que comprendront ceux qui ont évolué dans la forêt vierge, mais sans que l'énergie de cette étrange femme se démente un seul instant.

On arrive enfin à Free-Town, la capitale de la possession anglaise de Sierra-Leone, une ville assez importante comme position et comme population, mais une des plus malsaines, à coup sûr, de toute la côte occidentale d'Afrique.

Avant de pénétrer dans le faubourg de Kissy-Street, composé presque exclusivement de cases habitées par des Akous et des Mandin-

gues, la voyageuse prie André de faire arrêter
la troupe.

Elle avise ensuite l'Anglais qui l'a accompa-
gnée dans la forêt et dont le rôle a été singulièrement effacé depuis la mort du gorille, lui
remet une somme probablement convenue d'a-
vance, et le congédie, avec ses noirs.

Puis elle ajoute, en s'adressant plus particulièrement à André :

— Maintenant que j'ai payé mon guide, ce
chasseur d'ivoire que m'avait indiqué le consul
français comme étant l'homme le plus capable
de me faire retrouver votre trace, vous plaît-il
d'apprendre le motif de mon voyage ?...

— Madame, dit André en s'inclinant, je suis
à vos ordres.

Puis, chacun, en prévision d'un entretien
qui peut être assez long, s'assied sous un
énorme manguier, planté à mi-côte d'une émi-
nence d'où l'on domine la ville.

— Il faut convenir, continue-t-elle, qu'il y a
dans la vie de singuliers hasards.

« Figurez-vous, messieurs, que moins d'un
mois après la... le... départ de mon mari...

— Vous pouvez dire : la fuite, interrompt de
sa basse-taille l'ancien gendarme qui voudrait
bien s'en aller.

— La fuite... soit ; je ne vous ferai pas de querelle de mots.

— Elles sont moins dangereuses que les autres.

— Voulez-vous me laisser parler ?

— C'est la première fois que vous me demandez une permission.

« Je m'empresse de vous l'accorder avec toute ma galanterie.

— Je m'aperçus que j'avais gagné un des lots les plus considérables à la grande Loterie des Arts et de l'Industrie...

« Ce lot, d'une valeur énorme, pour nous surtout, atteint le chiffre de *trois cent mille francs*.

— Eh bien ! madame, il fallait toucher cette jolie somme, la placer à cinq pour cent, et vivre de vos rentes...

« Foi de Barbanton ! c'est mon opinion et celle de tout homme de bon sens.

— J'y ai bien pensé, reprit la narratrice avec une légère nuance d'embarras.

« Je me suis, en conséquence, présentée avec mon billet à l'administration de la Loterie.

— Et vous avez touché la somme ?

— Non.

— Votre billet n'était donc pas bon ?... Je le regrette pour vous.

— Mon billet porte bien le numéro ga-
gnant, et il est parfaitement valable...

« Mais l'administration de la Loterie a exigé,
pour opérer entre mes mains la remise des
espèces, soit la présence de mon mari, soit
sa procuration en bonne forme.

Un énorme éclat de rire échappa soudain à
l'ancien gendarme, Friquet pinça les lèvres, et
il fallut à André toute sa retenue de gentleman
pour ne pas laisser poindre au moins un sou-
rire.

La narratrice continua froidement :

« C'est en vain que j'objectai l'absence de
mon mari, que je me fis représenter par des
témoins patentés, que je fis appuyer ma demande par les notables du quartier, le maire en
tête... Tout fut inutile.

« La loi est formelle.

« L'argent fut placé à la Caisse des dépôts et
consignations.

« Ignorant où était mon mari, ne sachant pas
quand il reviendrait, ni même s'il reviendrait,
ce qui eût singulièrement compliqué les affaires, mon parti fut bientôt pris.

« Je m'adressai à une de ces agences bien
connues qui, pour une certaine somme, fournissent tous les renseignements imaginables.

« On me demanda cinq cents francs et dix jours pour savoir ce que vous étiez devenus.

« J'offris le double, et bien m'en prit, car, six jours après, je connaissais toute votre histoire jusqu'au moment de votre départ du Havre.

« C'était beaucoup, mais cela ne pouvait me suffire.

« Quelle avait été la direction prise par votre navire ?

« C'est alors que, mise en goût par mes largesses, l'agence se multiplia. Elle fit télégraphier dans les ports d'Angleterre et de France où touchent tous les paquebots qui desservent l'Afrique et les deux Amériques.

« On pouvait raisonnablement supposer que votre yacht avait été rencontré soit en mer, soit pendant une relâche sur une côte ou sur l'autre.

« C'est ce qui arriva. Le courrier du Sénégal apporta la nouvelle de votre escale à Dakar...

« On pouvait croire également que, étant partis en expédition de chasse, vous continueriez votre route sans vous écarter beaucoup des côtes, et en séjournant plus ou moins longtemps dans les ports les plus rapprochés de vos centres d'expéditions.

« Dès lors, me dirent les agents de qui je tiens ces détails, il serait possible de vous gagner de vitesse en prenant le premier paquebot anglais.

« Je n'hésitai pas un instant. Après avoir mis un gérant à la maison et réuni tout l'argent dont je pouvais disposer, je partis, bien qu'on m'eût conseillé d'envoyer quelqu'un à ma place.

« Il vaut mieux faire ses affaires soi-même, quand on le peut.

« Voici comment, d'escale en escale, le paquebot m'a amenée à Sierra-Leone, où je trouvai votre yacht, l'*Antilope-Bleue*.

« Je me rendis à bord... vous étiez partis.

« Le capitaine me pria d'attendre votre retour.

« Je préférai me mettre à votre recherche... Il me fit accompagner par un de vos matelots, le même qui est mort en me défendant...

« Puis, je retournai chez l'agent consulaire français, qui, après avoir vainement combattu ma résolution, m'indiqua, comme je vous l'ai dit, ce chasseur d'ivoire... cet Anglais que je viens de congédier.

« Il s'engagea à m'amener sur vos traces, et tint parole.

« Vous savez le reste.

— Et vous n'avez jamais hésité ni tremblé? ne put s'empêcher de dire André, stupéfait de ce calme étrange.

— Non. J'ai craint seulement, pendant que

j'étais aux mains de l'affreux animal, de voir mon billet de loterie perdu.

« Mais, il est toujours en bonne place.

« Tenez, le voici.

Elle retira, à ces mots, un large médaillon en or, accroché à son cou, sous ses vêtements, par une forte chaînette, l'ouvrit et le présenta à son mari.

Barbanton le déplia gravement, et lut machinalement :

— 0002421.....

« Tiens !... mon ancien numéro matricule...

« Faut croire que j'étais prédestiné !

« Madame, je vous rends votre billet, et vous présente mes félicitations...

« De sorte que vous êtes venue de France dans l'unique but d'obtenir ma procuration et toucher les fonds.

« C'est un joli tour de force...

— Et vous êtes prêt, n'est-ce pas, à me la donner ?...

« Cela ne vous coûtera pas beaucoup... ces messieurs vous serviront de témoins, et je m'en irai simplement par le prochain paquebot...

— Faudra voir !... madame... Faudra voir, fit Barbanton d'un accent railleur que ses compagnons ne lui connaissaient pas.

— Inutile de vous dire que, nous trouvant encore sous le régime de la communauté, je tiendrai à votre disposition la moitié de la somme... défalcation faite de mes frais de voyage et de ce que j'ai versé à l'agence.

A ces mots, le vieux soldat se dressa vivement, comme s'il se fût trouvé en présence d'un reptile.

Un flot de sang empourpra un instant sa figure, puis il pâlit brusquement.

— De l'argent !... à moi !... gronda-t-il d'une voix étranglée.

« Ah çà ! pour qui... me prenez-vous ?

« Vous m'aviez jadis harcelé, griffé, battu, ridiculisé... mais vous ne m'aviez pas insulté !

— Mais, je ne comprends pas... Les biens de communauté, le débit, notre apport...

— Eh ! il s'agit bien de tout cela... c'est du sens moral, qui vous manque.

« Brisons là. Mon intention était de vous faire « droguer » pour vous rendre un peu des misères que vous m'avez fait endurer, et peut-être de céder.

« Mais, puisqu'il en est ainsi, puisque vous avez pu supposer que je suis un homme qu'on achète, je refuse...

« Vous entendez ? c'est non !... non !... non !...

C'est en vain qu'André, et Friquet lui-même, voulurent s'interposer. L'ancien gendarme fut inflexible.

De guerre lasse, ils se mirent en route, comptant que son irritation se calmerait à la longue, quand, après avoir franchi le faubourg, ils aperçurent, flottant sur l'hôpital, un immense drapeau jaune... le pavillon de quarantaine.

Un policeman noir s'avançait en même temps vers eux, et les informait que depuis deux jours la fièvre jaune avait fait brusquement son apparition.

Il y avait donc un péril imminent à séjourner un instant dans la ville infestée du fléau mortel aux Européens.

André donna l'ordre de rallier au plus tôt le yacht qui se trouvait sur rade, et offrit une place à la voyageuse.

Celle-ci hésita.

— Vous ignorez, madame, ce que c'est que la fièvre jaune.

« Rester ici, équivaudrait pour vous à un suicide.

« L'humanité m'ordonne de vous emmener... fût-ce par la force.

« Et d'ailleurs, ajouta-t-il à demi-voix, ce

8

sera peut-être l'unique moyen de vaincre la
résolution de votre mari.

— C'est bien, monsieur. J'accepte.

— Oh ! là ! là !... pensa Friquet, voilà le
patron qui fait de jolie besogne.

« Les époux Barbanton à bord !... tous les
deux !...

« C'était bien la peine de faire ainsi douze
cents lieues, ô mon pauvre gendarme, pour éviter votre fléau domestique !

« Tout ça ne produira rien de bon, et quelqu'un de superstitieux dirait qu'il va nous arriver malheur.

. . . . . . . . . . . . . . . . . . .

Friquet ne croyait pas si bien dire.

Le lendemain matin, le maître d'hôtel s'en
vint, tout effaré, annoncer à André que Barbanton n'était plus à bord.

Deux noirs appartenant à l'escorte avaient
également disparu.

Madame Barbanton sortait à ce moment de
sa chambre, pâle, se soutenant à peine, et s'é-
criait d'une voix déchirante :

— Mon médaillon... perdu... ou volé... avec
le billet.

Puis, elle roulait évanouie.

Quelques instants après, un cri terrible,

accompagné d'une lourde chute, retentissait près du panneau de la machine.

André venait de glisser sur l'escalier, et était tombé si malheureusement qu'il s'était cassé la jambe...

# CHAPITRE VIII

On imagine aisément le désarroi causé par cette série de catastrophes.

Friquet lui-même, perdit un moment la tête, quand il entendit André, soutenu par deux matelots, lui dire à voix basse : « J'ai la jambe cassée!... »

Deux grosses larmes montèrent aux yeux du brave gamin qui pourtant n'était guère impressionnable, et il fallut que le blessé lui-même l'encourageât d'un mot affectueux, tant il semblait anéanti.

André fut aussitôt descendu à sa chambre et installé sur son lit.

Son calme ne l'avait pas abandonné, et il cherchait déjà, avec son sang-froid habituel, les moyens de remédier à l'accident, et de prévenir ses conséquences.

— Au plus pressé, dit-il à Friquet.

« De suite... une embarcation à la mer.

« Pars... va à la ville... ramène à tout prix et sans tarder un médecin.

« Aussitôt revenu, tu te prépareras à rechercher Barbanton dont l'absence est inexplicable.

« Il ne peut être encore bien loin, et de ta promptitude dépend sans aucun doute le succès de l'entreprise.

« Quant au vol ou à l'accident dont sa femme a été victime, je vais faire procéder à une enquête pendant ton absence.

— Entendu, m'sieu André, répond le gamin qui a reconquis soudain sa jeune et vaillante énergie.

« On va se patiner, et lestement.

Au coup de sifflet du maître d'équipage, le canot glissait déjà sur ses palans et se trouvait enun clin d'œil paré à nager.

B.

Friquet s'y affale avec l'agilité d'un écureuil, prend place à la barre et dit aux rameurs :

— Hardi ! camarades, souque ferme... c'est pour le patron, et je vous promets une goutte soignée en arrivant.

Après une absence qui dura deux heures à peine, il ralliait le yacht et ramenait à bord un chirurgien de la marine anglaise.

Celui-ci, après un examen attentif du blessé, reconnut une fracture du péroné gauche, à peu près au tiers inférieur de l'os. Cette fracture, bien moins grave que celle du tibia, infiniment moins douloureuse et moins difficile à réduire, nécessite également un repos absolu, cela va sans dire. Aussi, quelle que soit la bénignité relative de cet accident qui aurait pu avoir des suites redoutables, André n'en sera pas moins condamné à l'immobilité pendant une quarantaine de jours.

Il prend bravement son parti de ce contre-temps, subit la réduction sans proférer une plainte, et prend congé du chirurgien qui refuse énergiquement toute rémunération, après avoir promis, toutefois, de revenir voir son malade quand les exigences du service le lui permettront.

Friquet, enfin rassuré sur le compte de son

ami, en ce sens que sa guérison n'est plus qu'une
affaire de temps et par conséquent de patience,
s'occupe sans désemparer de Barbanton dont le
sort le préoccupe de plus en plus.

Quel peut bien avoir été le motif de cette
fugue insensée? Le pauvre homme, en se re-
trouvant si inopinément en présence de son tyran
domestique, a-t-il perdu la tête au point d'atten-
ter à sa vie?...

Mais non, Barbanton n'est pas de la race des
Gribouille. Il est bien réellement parti avec sa valise, puisque ce meuble manque dans sa chambre,
ainsi que le fameux étui en serge verte.

A-t-il voulu éviter à tout prix sa femme dont
la présence lui est imposée par l'épidémie qui
sévit sur Free-Town?

A-t-il voulu, en disparaissant pendant un
temps plus ou moins long, se venger des tour-
ments jadis endurés, et la faire trembler sur son
sort, sinon par affection, du moins par intérêt?

C'est fort possible.

Mais, où peut-il bien être allé? Friquet a interrogé de droite et de gauche en abordant au
wharf. Nul ne l'a vu pénétrer dans la ville.

Il ne serait d'ailleurs pas assez naïf pour aller
se cacher dans un pareil foyer d'infection. Il
sait ce qu'est la fièvre jaune...

Du reste, la façon dont il a exécuté sa fuite prouve qu'il y a eu connivence entre lui et les deux noirs déserteurs.

Quels sont ces noirs?

En passant à Dakar, André a engagé deux laptots sénégalais parlant suffisamment le français, et connaissant la plupart des idiomes de la côte de Guinée.

Un de ces laptots se trouve positivement être un des deux fugitifs. L'autre est un noir de l'intérieur, amené jadis comme esclave au Cayor, et qui a reconquis sa liberté en se sauvant sur le territoire français.

Y aurait-il lieu de rattacher la fuite de ces deux hommes à la disparition du médaillon de la voyageuse?...

Ce bijou est-il simplement égaré?

Friquet opinerait volontiers pour la première hypothèse.

Madame Barbanton ne sait rien, ne se rappelle rien. Elle a dormi d'un sommeil de plomb pendant toute la nuit, ce qui était parfaitement naturel après une pareille succession de fatigues et d'émotions.

Le médaillon a pu et a dû disparaître à ce moment.

Friquet se rappelle alors les regards de con-

voitise ardente jetés par un noir de l'escorte, sur
le bijou, au moment où la voyageuse, après sa
délivrance, leur en montrait à tous trois le contenu, sous un manguier, en vue de Free-Town.

Il interroge alors l'autre laptot, et lui délie
la langue par l'absorption de quelques vastes
lampées d'*alougou* (rhum de traite).

L'homme ne fait aucune difficulté pour donner
sur le fugitif quelques détails biographiques
offrant une certaine importance.

Ses camarades le connaissent sous le nom de
Soungoya et il est originaire du pays des Kourankos.

Friquet prend la carte de la région, trouve
facilement au sud des Mandingues, ce pays des
Kourankos, et même par 10° 45' de longitude
ouest du méridien de Greenwich, et 9° 30' de
latitude sud, le mot de Soungoya, probablement
le lieu de naissance de l'indigène.

C'est là que prend sa source la Rokelle. Après
avoir coulé au sud-ouest, puis à l'ouest, pendant
environ cinq cents kilomètres, elle devient, un
peu au-dessus de son embouchure, la rivière
de Sierra-Leone.

C'est également aux environs de Soungoya
que prend naissance le Niger, appelé en cet endroit Djioliba.

— Soungoya, continue le laptot dans son français barbare, mais suffisamment intelligible, était chef de son village.

« Bien qu'ils soient presque indépendants en principe, ces minuscules potentats n'en reconnaissent pas moins la suprématie, plus honorifique peut-être qu'effective, d'un grand chef qu'ils nomment à l'élection avec les anciens de chaque bourgade.

« Ce grand dignitaire étant mort, Soungoya s'était mis sur les rangs pour obtenir sa succession.

« Il eût probablement été nommé, si un compétiteur sans préjugé n'eût carrément pris la place.

« Sans se préoccuper en aucune façon des votes et des protestations des électeurs, soutenu d'ailleurs par quelques lurons auxquels il prodigua les plumes d'autruche et l'alougou, il s'installa en raison de cet aphorisme politique pouvant se formuler à peu près ainsi : « La force prime le droit. »

« Puis, en homme sachant diriger sa politique d'après les besoins du moment, il fit une déclaration qui, à défaut d'autres qualités, possédait au moins le mérite de la clarté.

« Ceux qui se rallieront recevront des gri-gris,

des plumes et de l'alougou. Ceux qui ne seront
pas contents, seront vendus comme esclaves.
Ceux qui résisteront, auront le cou coupé.

« Malheureusement pour Soungoya, il ne sut
pas imposer à sa langue une prudente retenue.

« Un jour qu'il avait trop bu de bière de
millet, il osa critiquer les actes du nouveau
monarque... crime d'autant plus impardonnable
qu'il eut de nombreux témoins.

« Il fut, pour ce fait, magistralement bâtonné
par les soldats, et vendu comme esclave, sans
même avoir passé en jugement.

— Ce qui prouve, interrompit Friquet fort à
propos, qu'il ne faut jamais parler politique sur
les côtes de Guinée.

« Mais, continue, mon digne moricaud, tu
m'intéresses de plus en plus.

— Soungoya, reprit le laptot, après avoir re-
couvré sa liberté, eût bien voulu détrôner son
ennemi.

« Mais, allez donc attaquer un homme qui
possède peut-être le meilleur gri-gri du pays
tout entier !

« Soungoya, pourtant, ne désespéra pas, et il
se mit à chercher, avec son acharnement de
sauvage, le fétiche qui devait lui donner la
victoire.

« Il en avait déjà récolté une collection va-
riée, quand le hasard qui l'avait fait engager
par M. André, l'amena dans la forêt, sur le lieu
même où madame Barbanton fut miraculeusement délivrée des étreintes du gorille.

« La femme blanche, pour échapper à un
pareil danger, devait posséder un gri-gri comme
on voit peu...

— Eh! pardieu! je devine le reste, s'écria
Friquet.

« Soungoya, hanté par cette pensée, vit la
femme blanche tirer de dessous ses vêtements
le médaillon, l'ouvrir et nous montrer le fameux
billet de loterie.

« Le digne prétendant a dû se dire, avec sa
logique de Mandingue, que c'était là le gri-gri
qui avait vaincu le gorille... et, tout naturellement, l'idée de s'emparer de ce fétiche incomparable, pour faire triompher sa politique, a
germé dans sa cervelle.

« Oui... C'est cela, n'est-ce pas?

« Eh bien! il a fait là de jolie besogne, ton
ami le futur monarque des Kourankos!

« Me voilà suffisamment édifié de ce côté.

« Mais, avec tout cela, je ne sais pas au juste
ce qu'est devenu Barbanton.

— Capitaine parti avec lui... dans pirogue.

La hideuse armée se précipitait à l'assaut de la chaloupe. (Page 158.)

Les deux laptots, du jour de leur engagement, avaient donné ce titre à l'ancien gendarme. Un homme portant de si belles moustaches, ayant une si noble prestance, avec la boutonnière ornée du ruban rouge, devait au moins être capitaine.

Barbanton protesta... on le bombarda colonel!

L'appellation de capitaine lui resta parmi les noirs.

— Es-tu bien sûr qu'il soit parti?

— Moi sûr!... vu capitaine avec cantine et grand sabre.

« Camarade avec lui, et Soungoya, dans pirogue.

— Du moment que tu l'as vu, ça suffit.

Friquet ayant enfin débrouillé la situation, s'en alla, sans perdre une minute, conférer avec André.

Ce dernier, en apprenant les particularités relatives à Soungoya, partagea complètement les idées du Parisien.

Pour lui, comme pour Friquet, le noir devait être l'auteur du larcin. Après avoir dérobé le fétiche pendant le sommeil de la voyageuse, il n'avait eu sans doute qu'une pensée : Retourner au plus tôt dans son pays et répondre au coup d'État de son ennemi par un pronunciamiento.

La voie la plus rapide et la plus commode

9

pour gagner la région des Kourankos étant la Rokelle, il avait dû remonter en pirogue la rivière avec ses compagnons et en pourvoyant à leur mutuelle subsistance par la pêche et la chasse.

Il s'agissait donc de les joindre rapidement, tout en usant de précautions, de peur d'exciter leur défiance.

Friquet pouvait seul entreprendre cette poursuite. Il fut convenu qu'il partirait dans la chaloupe à vapeur. Le temps seulement de l'approvisionner et de la mettre en pression.

Il n'emmènerait avec lui que deux matelots, dont un chauffeur, avec trois noirs, y compris le second laptot qui, connaissant comme son camarade les idiomes du pays, pourrait lui servir d'interprète.

Nègres et Européens seraient armés de carabines Winchester à répétition, et Friquet emporterait, en outre, un armement de chasse complet.

André étant dans l'impossibilité absolue de recueillir les trophées de chasse, Friquet continuerait la collection.

Le Parisien n'avait fait aucune objection à cette partie du programme, bien qu'il ne fût pas chasseur d'instinct.

Du moment que cela faisait plaisir à son ami qu'il le devint, il ferait de son mieux, et massacrerait les fauves. La chasse, d'ailleurs, dans ces parages, est souvent bien moins un passe-temps qu'un acte de défense.

On embarqua dans la chaloupe, indépendamment des provisions et des munitions, quelques médicaments, surtout de la quinine, indispensable dans ce pays par excellence de l'impaludisme. Puis, des effets de campement, des hamacs avec des couvertures caoutchoutées. Il est, en effet, aussi urgent d'éviter l'humidité des nuits que la chaleur des jours.

Enfin, un bateau pliant du système de Mac-Donald, au cas où il faudrait prendre la voie de terre, fréquemment coupée de cours d'eau qu'il est difficile de franchir à la nage ou à gué.

Si, en effet, la Rokelle, dont le lit est hérissé de roches nombreuses, devenait impraticable, Friquet renverrait la chaloupe et continuerait sa route en pirogue indigène, avec ses noirs comme pagayeurs.

Le yacht attendrait en rade le retour de l'expédition, ou plutôt croiserait non loin des côtes, afin d'éviter cette immobilité absolue qui produit un incurable ennui sur les hommes d'un équi-

page, surtout quand ils ne peuvent aller à terre
de temps en temps.

.   .   .   .   .   .   .   .   .   .   .   .   .   .   .   .   .   .   .

Voici donc Friquet enfin parti.

La chaloupe s'engagea dans l'estuaire qui
prend, avons-nous dit, le nom de rivière de
Sierra-Leone, rangea la côte anglaise qui, sur
la rive gauche, ne dépasse pas le 13ᵉ degré de
longitude Ouest de Greenwich, et pénétra réso-
lument dans la Rokelle proprement dite.

Sous la double influence de sa machine et de
la marée montante, elle marchait sous une allure
qui remplissait d'espoir Friquet, relativement au
succès de sa poursuite.

Le jusant lui enleva bientôt une partie de
ses illusions. En effet, le flot, en se retirant,
mit à découvert une quantité considérable de
roches à travers lesquelles il fallut louvoyer
prudemment, sous petite vapeur, et en n'avançant plus qu'avec une peine infinie.

— Ça séra dur, murmura Friquet tout pen-
sif... d'autant plus que ces gaillards-là sont
d'incomparables bateliers, et que leurs embar-
cations filent comme des poissons.

« Ah! s'il n'y avait pas ces diables de ro-
chers!... comme je leur aurais bientôt fait la
« pige » avec mon tournebroche !

« En douceur, les enfants !... en douceur...
nous avons le temps.

On rencontra plusieurs pirogues chargées de
fruits et de légumes que les noirs apportaient de
l'intérieur pour les vendre à la ville. Par l'entre-
mise du laptot, Friquet leur demanda des nouvelles des fugitifs.

Il apprit, avec dépit, qu'ils avaient toujours
près de vingt-quatre heures d'avance sur lui.

Il fallut bientôt stopper, le jour allait tomber,
et il y eût eu plus que de la témérité à continuer
cette navigation dans des parages aussi difficiles.

Friquet, tout en maugréant, fit mouiller son
ancre après avoir attentivement calculé l'aire
que comprendrait l'évitage entre les roches.

Puis, la nuit vint, et l'incomparable éclat de
la lune ajouta encore à la mauvaise humeur du
Parisien, en ce sens que les fugitifs pourraient
en profiter pour faire encore de la route, et le
gagner de vitesse.

Le lendemain, la chaloupe dont le fourneau
était resté allumé, dérapa dès l'aube. Les roches
entravèrent un peu moins sa marche, et après
une journée pénible, il est vrai, mais sans incidents, Friquet recommença la manœuvre exécutée la veille au soir.

Il n'avait aucunement entendu parler du gen-

darme et de ses compagnons. Rien d'étonnant
à cela, d'ailleurs, car la rivière étant encore très
large, ils avaient pu suivre la rive opposée et
n'être pas aperçus des bateliers qui devenaient
de plus en plus rares.

Friquet apprit non sans satisfaction que, le
lendemain, il aurait enfin franchi le point où la
marée se fait sentir. Il avait hâte, en effet, de
fuir cette zone sur laquelle l'afflux et le retrait
périodique de l'eau saumâtre produisent, deux
fois par jour, un nuage pestilentiel, composé de
débris végétaux en putréfaction. Il connaissait
trop bien ce brouillard mortel qui distille le terrible poison de la fièvre, et engendre ce mal
dont le nom seul épouvante les plus braves :
l'accès pernicieux.

Voulant autant que possible ménager son
charbon, il se rapprocha du bord, afin de pouvoir faire, dès le lendemain, la provision de bois
nécessaire au chauffage de la journée.

Les arbres ne manquaient pas, surtout les pa-
létuviers qui allaient disparaître avec l'eau saumâtre, et qui donnent un excellent combustible.

Il sonda, trouva le fond à cinq brasses (1) et
fit mouiller son ancre qui mordit aussitôt.

(1) La brasse est 1 mètre 60.

L'équipage prit ensuite son repas, et un homme fut désigné pour le quart ; — un quart bien peu pénible, puisque les veilleurs devaient se relever d'heure en heure, — puis chacun s'endormit au clapotement de l'eau sur les flancs de la chaloupe.

... Le jour allait paraître sans aurore, avec cette soudaineté particulière aux régions intertropicales, quand un bruit singulier éveilla brusquement Friquet.

C'était comme une série de froissements rapides, mêlés à des heurts violents et à des claquements secs. On eût dit des branches d'arbres dont les écorces rugueuses s'écrasaient mutuellement sous un contact brutal, alors qu'une force inconnue les roulait sur les vases molles.

Le Parisien ouvrit les yeux, avec ce sentiment de surprise ressenti les premières fois par celui qui, s'étant endormi avec le rivage à sa droite, le retrouve à sa gauche, par suite de l'évitage à la marée.

Puis soudain il perçoit une singulière impression d'immobilité. Il se lève d'un bond et s'écrie :

— Mille tonnerres!... la chaloupe ne flotte plus.

« Nous sommes échoués!

A ces mots, l'équipage profondément endormi, l'homme de quart comme les autres, s'éveille tumultueusement.

Friquet ne s'est pas trompé. La chaloupe, laissée à sec par le retrait des eaux, repose en effet sur un lit de vase.

En temps ordinaire, un pareil incident n'amène aucune suite fâcheuse que la perte du temps compris entre deux marées. Le flux remet lentement à flot l'embarcation laissée par le jusant, et tout est dit.

Mais, dans le cas présent, et grâce au voisinage immédiat de terrains d'alluvion couverts d'une plantureuse végétation aquatique, cet échouage est exceptionnellement grave.

En effet, les bruits mystérieux qui ont éveillé Friquet redoublent d'intensité.

Le Parisien examine machinalement cette surface sans consistance, sur laquelle la chaloupe reste immobile comme un bloc de granit, et malgré son intrépidité, ne peut retenir un tressaillement rapide.

Cette bouillie fétide lentement sillonnée par des êtres étranges, aux formes allongées, et agités de mouvements saccadés, semble s'animer tout à coup.

De tous côtés le banc de vase se peuple, et

de nouveaux sillons qui rayonnent vers la chaloupe se creusent entre les premiers.

De temps en temps, les roseaux géants, im-
plantés au bord de la rivière, s'entr'ouvrent avec
un susurrement aigu et laissent passer des corps
qui glissent sur la vase, pataugent et s'écla-
boussent, se poussent, se heurtent, se chevau-
chent, retombent, et finissent par entourer l'embarcation d'un effroyable cercle de gueules
menaçantes.

— Maître !... s'écrie le laptot épouvanté, les
crocodiles !

Tout s'explique : ces bruits suspects, ces froissements d'écorces rugueuses... ce sont les carapaces des sauriens qui se heurtent rudement...
ces claquements sont produits par leurs mâchoires affamées... Il n'est pas enfin jusqu'à leur
souffle ardent, s'exhalant de leur gorge avec
une écœurante odeur de musc, jusqu'à l'éclair
luisant dans leurs gros yeux immobiles qui
n'indique une convoitise féroce.

Il y en a des centaines, et il en arrive encore.
Il semble qu'un mauvais génie ait convoqué le
ban et l'arrière-ban de ces hideuses bêtes, dont
la région est littéralement infestée.

Les premiers arrivés viennent buter du museau contre la paroi de fer de la chaloupe. Ils

9.

cherchent, mais en vain, à escalader le bastingage. Ceux-là ne sont pas dangereux. Mais les
autres qui arrivent, pressés comme un véritable
troupeau, ne tardent pas à leur grimper sur le
dos.

Ils enfoncent et disparaissent dans la vase.
D'autres les suivent et se ruent, plus ardents et
plus affamés.

Les carapaces des premiers vont peut-être
leur offrir un plan suffisamment résistant pour
leur permettre l'assaut.

Friquet n'a pas attendu ce moment pour se
mettre en défense.

Après avoir d'un coup d'œil rapide envisagé
la situation, il a fait prendre les armes à l'équipage et l'a encouragé de quelques paroles éner-
giques... additionnées d'une copieuse rasade
d'alougou.

— Et maintenant, mes gaillards, vous savez à
quoi vous en tenir, n'est-ce pas, leur dit-il pour
terminer.

« Vous connaissez le goût du crocodile pour
la chair humaine, la blanche ou la noire... peu
importe.

« Chacun défend sa peau, ici.

« Il s'agit de tenir pendant six heures, c'est-
à-dire jusqu'à ce que le montant nous mette à

flot, et de ne pas laisser prendre la chaloupe à l'abordage par ces vilaines bêtes.

« Sinon, nous serions mangés.

« ... Et ça ne serait pas drôle. »

# CHAPITRE IX

Les précautions les plus minutieuses n'eussent
pu prévenir cet échouage qui met en péril l'é-
quipage de la chaloupe à vapeur.

Friquet, qui a dirigé la manœuvre du mouil-
lage, après en avoir choisi le lieu, n'a donc rien
à se reprocher.

Cet accident très grave est imputable à la
seule configuration du lit de la rivière.

Pour se rendre un compte exact de la position

occupée en ce moment par l'embarcation, il faut bien comprendre ce que c'est que l'*évitage*.

En rade ou dans une rivière soumise au flux et au reflux, la meilleure manière d'amarrer un bateau, est de l'immobiliser avec une seule ancre. A chaque changement de marée, il pivote autour de cette ancre et présente toujours son avant au flot qui, n'agissant plus que sur une surface peu étendue, n'a pour ainsi dire plus d'effet sur la masse entière.

On dit alors que le bâtiment évite à la marée.

Ce changement de cap opéré automatiquement par le navire, ce cercle qu'il décrit ainsi autour de son ancre sous l'influence successive du flot et du jusant, c'est l'évitage (1).

Friquet, après avoir mouillé son ancre par cinq brasses de fond — soit environ huit mètres — et conservé une longueur de chaîne — une touée — suffisante pour l'évitage, s'était endormi plein de confiance.

Comme il avait sondé à plusieurs reprises, il pouvait et devait penser que cette profondeur était constante.

Malheureusement, l'ancre avait mordu entre plusieurs roches de fond formant entonnoir au

(1) Il y a aussi l'*évitage au vent* qui s'opère de la même façon, sous l'influence des changements de vent.

milieu d'un vaste banc de vase recouvert à peine de deux mètres d'eau.

Au moment où le jusant se fit sentir, la chaloupe obéit lentement à son action et pivota de façon que son avant s'en vint occuper, à longueur de chaîne, la place où se trouvait précédemment l'arrière.

Elle cessa, dès lors, de flotter au-dessus de l'entonnoir contenant les cinq brasses d'eau, et dériva légèrement jusqu'au-dessus du banc de vase.

Les eaux continuant à baisser, sa quille reposa bientôt sur la boue liquide, s'y implanta solidement, grâce à son poids considérable, mais en plan assez fortement incliné par l'avant, en raison de la traction opérée par la chaîne de l'ancre.

Cet échouage devait être accompli depuis longtemps déjà, au moment où la brusque arrivée des crocodiles tira Friquet de son sommeil.

Il était temps, on s'en souvient, puisque déjà la hideuse armée des sauriens se précipitait à l'assaut de la chaloupe.

Les six hommes qui sont à bord, Friquet, les deux matelots bretons et les trois noirs, vont avoir une rude besogne.

Ils sont armés chacun d'une carabine Win-

chester à répétition, et par bonheur les munitions abondent. Le Parisien prépare, en outre,
et pour les cas urgents, sa carabine et son fusil
calibre 8, puis il commence le feu avec sa carabine Express.

Un coup superbe, tiré de haut en bas, naturellement, mais un peu en biais, à la distance d'environ cinq mètres, sur un crocodile énorme qui
rampe en tapinois sur la vase, les pattes
écartées, les yeux mi-clos.

Frappé en plein crâne par la balle, il se dresse
sur les pieds de derrière et s'aplatit, brusquement, la tête broyée.

— Mais, ça pénètre, s'écrie le tireur tout
joyeux.

« Dire que j'avais cru de confiance les récits
de voyageurs en chambre, affirmant que le crocodile est à l'épreuve de la balle... à moins de
le frapper à l'œil ou sous la gorge...

« Eh! camarades... hardi! fusillez-moi ces
sales bêtes, dit-il aux deux matelots.

« Ça n'est jamais que des lézards!

Les deux Bretons visent froidement chacun
leur animal, et font feu presque en même
temps.

Un crocodile, frappé à la nuque, est tué raide,
mais l'autre, touché au beau milieu du corps,

continue d'avancer, bien que le sang s'échappe de droite et de gauche.

— Ah ! mais non, ça ne fait pas l'affaire, s'écrie Friquet.

« Tirez en pleine tête... car, vous aurez beau les traverser, ils auront encore la force de nous attaquer, et ne crèveront qu'à la longue.

Les noirs commencent à leur tour le feu, mais, soit terreur, soit maladresse réelle, ils tirent à la diable et n'atteignent rien.

Seul, le laptot semble familiarisé avec son arme, et s'en sert d'une façon à peu près convenable.

Le Parisien s'aperçoit aussitôt qu'il ne peut réellement compter que sur les deux matelots et le laptot, en tout quatre hommes, lui-même compris.

Ce qui est bien peu, eu égard au nombre, à la force et à la férocité des assaillants.

Pour leur faire face à peu près de tous côtés, ils se séparent en deux groupes et s'installent, Friquet avec le laptot à bâbord et les Bretons à tribord.

Défense est faite, pour le moment, aux nègres de tirer.

Les premiers coups de feu ont produit à peine un peu d'étonnement chez les horribles

sauriens. Puis, l'attaque qui avait semblé mollir
légèrement, recommence de plus belle.

Ils s'avancent de nouveau en troupe serrée,
collés les uns aux autres, se chevauchant parfois, tant ils mettent de hâte dans leur mouvement. Ils couvrent entièrement le banc de vase,
qui n'offre plus à l'œil qu'un champ mouvant
de carapaces rugueuses, hérissé de gueules
béantes s'ouvrant et se refermant avec un bruit
affreux.

Les trois Européens font merveille, Friquet
surtout. Ils visent imperturbablement, sans précipitation, font feu sans à-coups, de façon à ne
pas déranger le tir, et avec un succès qu'on n'eût
pas tout d'abord osé espérer.

Nous ne parlons pas de la précision. Tous ces
coups, tirés à quelques mètres seulement, sont
absolument immanquables.

Mais, cette pénétration est réellement stupéfiante. Tout crocodile touché, en quelque endroit
que ce soit, est traversé. Les écailles, en dépit
de leur épaisseur, volent en éclats, avec des
craquements secs, et livrent quand même passage au petit lingot de plomb durci (1).

---

(1) On évite l'écrasement des balles sur les parties très-
résistantes comme les os volumineux ou la peau des pachydermes, en durcissant le plomb par un procédé très simple.

Quoi qu'on ait dit et écrit antérieurement à
ce sujet, le fait ne saurait être taxé d'exagération
et le lecteur l'admettra sans peine, quand il
connaîtra les expériences commencées par
Greener de Londres, et continuées par le Français Guinard, relativement à la pénétration des
projectiles employés aujourd'hui.

La carabine Winchester, tirée à vingt mètres,
avec une charge de poudre de 6 gr. 19, et une
balle conique durcie pesant 21 grammes, a percé
vingt planches de sapin ayant chacune vingt-cinq
millimètres d'épaisseur, et clouées à vingt-cinq
millimètres l'une de l'autre. Soit cinquante centimètres de bois réuni en bloc plein.

La carabine Martini Henry, avec balle conique durcie du poids de 30 gr. 72, avec 6 gr. 44,
a percé vingt-deux planches.

La carabine Express-Greener, avec canon de
soixante-cinq centimètres de longueur, chargée
à 8 gr. 85 de poudre, avec une balle conique
pleine et durcie, du poids de 24 gr. 41, a percé

On le mêle avec du mercure ou de l'étain dans la proprotion
de neuf dixièmes de plomb, et un dixième d'étain ou de
mercure. Les balles faites avec un alliage composé de plomb
et de caractères d'imprimerie, en parties égales, sont meilleures encore.

Tous ces projectiles fondus avec alliage donnent une pénétration incroyable.

L. B.

*vingt-sept planches* de 25 millimètres, soit, en bloc plein, *soixante-sept centimètres !*

Quelque blindé que soit le crocodile sous son revêtement écailleux, allez donc comparer cette carapace à un madrier de bois qui atteint en épaisseur au moins la moitié, et jusqu'aux deux tiers d'un mètre !

Il n'est aucune force animale susceptible de résister à une pareille poussée.

Aussi, la fusillade étant devenue de plus en plus nourrie, un véritable monceau de cadavres entoure bientôt la chaloupe.

Malheureusement, ce succès partiel menace lui-même de compromettre la sécurité de l'équipage. Tous ces cadavres enchevêtrés et successivement entassés, forment une sorte d'appontement qui permet aux assaillants d'aborder de plain-pied l'embarcation.

Ils arrivent, avec une vélocité qu'on ne soupçonnerait pas à leurs corps difformes, aux pattes courtaudes et écartées. Les blessés surtout, et ils sont nombreux, plus furieux encore que les valides, se ruent à l'assaut avec une frénésie que ne peut bientôt plus entraver la vaillance des tireurs.

Ils vont être débordés et mis en lambeaux si

leur position ne change pas. Il faudra bientôt un ,miracle pour les arracher à cette mort affreuse la plus épouvantable peut-être de toutes.

Ah! si la marée montante pouvait remettre la chaloupe à flot. Comme l'appareillage serait bientôt terminé, quand on devrait sacrifier l'ancre!

Mais, hélas! il s'en faut encore de plus de trois heures, et les minutes elles-mêmes sont comptées.

Tout à coup, une soudaine inspiration traverse le cerveau de Friquet, si fertile en expédients.

— C'est cela, dit-il, la tente... où diable avais-je la tête!

« Oui, sans doute... mais, pourra-t-elle porter tout le monde?

« Essayons tout de même, et presto! puisque nous n'avons pas le choix des moyens.

Avisant alors la toile à voile tendue horizontalement au-dessus de la chaloupe, sur un châssis porté par de minces colonnettes de fer, il engage ses hommes à y grimper.

— Et surtout, pas de secousses, pas de faux mouvements... ce plancher de toile va être notre unique sauvegarde.

« Couchez-vous le plus près possible du châssis, et ne bougez plus.

« Allons, les moricauds, houst!... en haut le monde !

Les nègres, épouvantés, pâles de cette pâleur particulière aux noirs et qui les fait paraître gris de cendre, empoignent chacun un des montants et se hissent avec une agilité de quadrumanes.

— Ça y est?...

« Vous voilà aux premières loges, veinards !

« Il fait chaud, hein?...

« Faut-il vous monter des parasols?...

L'enragé Parisien que sa verve n'abandonne pas un moment, tout en plaisantant avec cette surabondance nerveuse qui lui est propre, surtout au moment du péril, entremêle ses ordres ou ses réflexions de coups de feu précipités, qui retardent l'assaut de quelques instants encore.

— A votre tour, camarades, dit-il aux deux Bretons qui, aussi calmes qu'à l'exercice, tirent méthodiquement, en hommes soucieux de faire de bonne besogne et de ne perdre ni le temps ni les munitions.

Ils passent leur carabine en bandoulière, et s'affalent lestement, sans pouvoir s'empêcher de jeter à Friquet un regard plein d'étonnement et d'admiration.

Ce petit terrien qui commande la manœuvre

comme un matelot fini, qui met son monde en sûreté, sans même paraître penser à lui-même, prend à leurs yeux des proportions épiques.

— C'est paré, là-haut?

— C'est paré, répond le chauffeur.

Friquet se résout enfin à quitter le pont le dernier, comme le commandant d'un navire en perdition.

Il est temps! Les monstres cessant depuis quelques instants d'être tenus en respect par une fusillade enragée, font irruption par bâbord et par l'avant. Ils s'écroulent dans la chaloupe, dont ils emplissent bientôt le fond, et semblent tout étonnés, malgré leur abrutissement traditionnel, de ne plus rien trouver à bord.

Cependant, ça sentait la chair fraîche, tout à l'heure.

Cette invasion serait la chose la plus comique du monde, sans le danger terrible qui menace toujours les six hommes.

Un spectateur désintéressé de cette scène rirait de bon cœur, en voyant les attitudes stupidement burlesques des sauriens en présence d'objets absolument inusités.

Friquet qui contemple la scène, allongé à plat ventre, la tête pendante, s'en donne à cœur joie, comme le pourrait faire ce spectateur, tant sa joyeuse philosophie le met au-dessus des situations les plus redoutables.

Ils sont là une dizaine, emprisonnés comme dans une boite par les bordages, ouvrant la gueule, soufflant, égratignant de leurs pattes palmées la paroi métallique, fouettant rageusement de la queue ou mordant brutalement tout ce qu'ils trouvent.

L'un vient de mettre le nez dans un baril de goudron qui le coiffe et l'empâte par-dessus les yeux, un autre s'acharne contre des morceaux de charbon de terre qu'il croque avec voracité, mais qu'il rejette bientôt avec enthousiasme. Un troisième dévore consciencieusement un hamac, un autre pique une tête dans la petite chambre de la machine, reste, en dépit de soubresauts furieux, le corps incliné à 45° et le museau planté dans le fourneau encore brûlant où il s'asphyxie bientôt.

Le gros de la troupe demeure immobile, rangé toujours en un cercle hideux autour de la chaloupe aux trois quarts remplie par ces singuliers et terribles passagers.

Les hommes d'équipage, échauffés déjà par la lutte qui a précédé leur retraite, n'ont pas eu un seul instant pour se rafraichir. Puis, le soleil est apparu, déjà brûlant à son lever, et appor-

tant un nouvel élément de souffrance et d'épu
sement. Ce ne fut rien encore tant qu'ils re
tèrent sous la tente.

Mais, les voyez-vous, sans une goutte d'ea
exposés sur cette surface blanche, aux impl
cables rayons de l'astre qui semble un bloc
métal incandescent, calcinés jusqu'aux moelle
à chaque instant menacés d'une insolation fo
droyante, et dans l'impossibilité de faire
moindre mouvement susceptible de compr
mettre la solidité du tissu.

Par bonheur, la toile est neuve. Mais le
attaches tiendront-elles?

— Ah! que le flot est long à monter! murmur
à part lui Friquet dont le rire s'est éteint pe
à peu.

« Et encore, ce n'est pas tout... Commer
diable nous débarrasserons-nous de ces brute
qui emplissent ma pauvre chaloupe au poir
de la faire sombrer?

« Impossible de les fusiller d'ici... Nos balle
cribleraient la coque ni plus ni moins qu'un
écumoire.

« Comment arriver, d'autre part, à déraper

« Tonnerre, qu'il fait chaud!... Ma parole, ja
mais je n'ai été cuit de pareille façon, même pen
dant mes quarts devant les fourneaux de chauffe

« Eh! camarade, c'est pas le moment de tourner de l'œil.

Un des deux Bretons vient d'être pris de syncope. L'autre est presque défaillant. Seul parmi les blancs, Friquet résiste, comme une véritable salamandre, à cette atmosphère embrasée.

Il frictionne vigoureusement un des malades et remet l'autre aux mains d'un noir.

— Allons, dit-il, fais comme moi, mon vieux Boule-de-Neige, frotte à tour de bras ce marsouin-là.

« Surtout, n'aie pas peur d'arracher la peau, c'est blindé en tôle d'acier...

« Hardi-là!.. C'est de l'huile de bras qu'il nous faut, en attendant mieux...

« ...Ah, enfin! Il n'est pas trop tôt.

Cette exclamation est motivée par deux causes simultanées.

Au moment où le matelot aux trois quarts asphyxié par la chaleur commence à reprendre ses sens, un murmure lointain se fait entendre sur la rivière.

Ce murmure, tout d'abord indéfinissable prend bientôt de la consistance. C'est un frémissement vague auquel se mêle un bruit bien ca ractéristique de ressac. Puis, le banc de vase

10

toujours envahi par les crocodiles, se trouve baigné par une lame légère qui vient doucement lécher les flancs de la chaloupe.

La marée commence à se faire sentir.

C'est le salut, et pourtant, les assiégés doivent plus que jamais s'armer de patience. Les derniers moments d'attente ne sont-ils pas les plus pénibles !

Friquet laisse pendre l'extrémité de sa longue ceinture de laine dans le lit du fleuve qui se remplit lentement. Le tissu s'imbibe d'une eau tiède, vaseuse, mais qu'importe! Ce liquide pourra être employé en compresse, et telle est l'élévation de la température extérieure, que son évaporation rapide pourra procurer un peu de fraîcheur au front brûlant des malades.

Peu à peu, le flot monte, soulève les cadavres, les entraîne au loin, et désorganise le cercle menaçant des assaillants.

Quelques trépidations agitent la chaloupe. Elle commence à osciller. Bientôt, elle flotte, et se met à éviter, de façon à pivoter autour de son ancre et à présenter son étrave au flot montant.

Les crocodiles qu'elle renferme, sentant vaciller cette surface dont ils augmentent encore la mobilité par leurs mouvements désordonnés, manifestent une rapide et singulière inquiétude.

Ce ne sont plus les farouches agresseurs qui tout à l'heure ont réussi à mettre en fuite l'équipage. Stupidement aplatis sur le ventre, les pattes écartées, la queue immobile, l'œil mi-clos, et lançant de droite et de gauche des regards éperdus de bête prise au piège, ils semblent, comme le dit plaisamment Friquet, avoir une prodigieuse envie de s'en aller.

Quoique amphibies, ils sont loin d'avoir le pied marin.

Mais, cette stupeur n'est pas une solution. Il faudrait penser à lever l'ancre, et on ne peut raisonnablement songer à opérer cette manœuvre dans le voisinage immédiat de pareils compagnons.

Les autres ne sont plus à craindre et l'élévation des bastingages au-dessus de l'eau rend toute attaque impossible de leur part.

La situation menace de s'éterniser sans issue possible, au grand désappointement du Parisien qui ne peut s'empêcher de faire cette réflexion parfaitement juste :

— Si encore nous étions à leur place et eux à la nôtre...

« Eux au soleil et nous à l'ombre... Il n'y aurait que demi-mal, d'autant plus que nous

pourrions les fusiller de bas en haut... les trous
à la tente étant moins dangereux que ceux à
la coque.

« Tiens ! mais, j'y pense... Puisqu'ils ne
bougent plus ni pieds ni pattes, si nous profi-
tions de ces bonnes dispositions pour les pincer
sans danger.

« Bravo !... C'est ça... j'ai le moyen.

« Un vrai truc.

« Dites-moi, camarades, êtes-vous assez revenus de votre étourdissement, pour rester un
moment à cheval sur le châssis ?

— Oui sans doute, répondent les deux matelots.

— Quant aux moricauds, inutile de le leur
demander... c'est mâtiné de sapajou et ça s'ac-
croche partout.

« Eh bien ! prenez chacun votre couteau,
enfourchez-moi le nommé châssis, agrippez-
vous solidement, et sciez-moi toutes les amarres
qui tiennent la toile au-dessus de la chaloupe.

« C'est compris ?

— Pardieu !... Les vermines vont être prises
sous la tente comme avec un filet.

— Parfait. Coupons bien en même temps...
Il faut que ça tombe comme un épervier.

« Une et deux... Coupez !...

« A la bonne heure!... voilà qui est envoyé.

« Et maintenant, qui m'aime me suive!

Cette manœuvre s'est opérée avec un ensemble parfait. La toile tombe sur les crocodiles, qui ne tentent aucun mouvement, tant la stupeur semble avoir abattu leur férocité première.

Les hommes dégringolent aussitôt de leur poste aérien, tassent la toile sur les carapaces, s'emparent de tous les liens qui se trouvent à leur portée, et se mettent en devoir d'amarrer les queues des sauriens, presque aussi dangereuses que les mâchoires.

Les noirs, revenus de leur terreur, réclament alors l'honneur de les mettre à mort, ce qui est chose facile, puisque les crocodiles, bien et dûment ficelés, sont à peu près dans l'impossibilité de se défendre.

Il y a bien de ci, de là, quelques, contusions, mais l'égorgement est opéré en conscience, et les cadavres sont jetés à l'eau sans autre forme de procès.

Non pas tous, car Friquet veut en conserver un. C'est un géant de l'espèce, mesurant près de huit mètres. Bien que frappé à mort d'un coup de coutelas qui lui a ouvert la gorge, et que ses mâchoires soient serrées avec un nœud

10.

coulant, le monstre se débat encore avec fureur et darde des regards féroces.

— Quant à vous, monsieur un tel, dit le Parisien, vous avez beau gigoter et nous regarder en chien de faïence. Vous serez dépouillé aussitôt après l'appareillage, votre peau sera ensuite bien bourrée d'étoupes, et vous figurerez accroché au plafond de mon cabinet de travail de la rue Lepic.

« Ça vous apprendra à entrer de force chez nous et à nous empêcher de chercher tranquillement notre gendarme.

Telle fut la fin de cet incident, qui pouvait avoir des conséquences terribles.

Ce n'était pas, hélas! le dernier.

La chaloupe, après avoir appareillé sans encombre et repris sa course en remontant le fleuve, avait pu marcher près de dix heures sans s'arrêter et sans pour ainsi dire perdre de temps en évolutions, car le chenal était à peu près libre.

Friquet calculait qu'on avait ainsi franchi plus de soixante milles, soit près de cent quinze kilomètres.

C'était presque la distance parcourue pendant les deux premiers jours.

L'embarcation, chauffée maintenant au bois,

filait à toute vapeur, entre les deux rives en-
caissées de hautes forêts, et faisait envoler,
par les éclats de sa toux saccadée, des légions
d'oiseaux multicolores.

Bien qu'il n'y eût pas le moindre obstacle en
vue, le matelot qui n'était pas de service à
la machine restait en vigie à l'avant, pendant
que Friquet tenait la barre.

Toutes les précautions semblaient donc prises
en vue d'éviter une catastrophe bien impro-
bable, quand un choc violent arrêta tout net
le mouvement de la chaloupe, et culbuta rudement les noirs et les Européens, qui roulèrent
pêle-mêle les uns sur les autres.

# CHAPITRE X

S'il est au monde un animal qui ne ressemble
en aucune façon au cheval, c'est ce prodigieux
mammifère que les anciens Grecs ont affublé,
pourtant, du nom de « cheval de rivière » (ἵππος
ποταμοῦ), dont les naturalistes modernes ont fait
hippopotame.

N'est-il pas vrai que dans ce pachyderme,
tout proteste contre cette appellation, mainte-

nuc quand même et surtout en dépit du bon
sens ?

Allez donc, en effet, retrouver, ou même rechercher la fière encolure, les flancs élancés,
la croupe arrondie, les jambes effilées, agiles,
nerveuses du cheval, dans ce corps difforme, à
peine ébauché, soutenu par quatre pattes — des
poteaux mal équarris — que l'Isis africaine a
donné à ce cochon monstrueux.

Essayez donc d'établir un point de comparaison, le plus éloigné si vous voulez, entre le
profil du coursier même le plus vulgaire, et
cette chose indescriptible, ce cauchemar vivant
que l'on appelle une tête d'hippopotame, et con-
venez que parfois les étymologies sont singulièrement arbitraires.

Mais, passons : cette protestation n'ayant
d'autre objet que de mettre le lecteur en garde
contre tout rapprochement entre des êtres si
différents.

Quoi qu'il en soit, le cheval de rivière, que
nous appellerons de préférence hippopotame,
bien que ce soit la même chose, est un énorme
mammifère de la famille des pachydermes, de
l'ordre des ruminants, section des *porcins*. — A
la bonne heure ! vous avez bien lu : des porcins.
Rien du cheval, comme vous voyez.

C'est un formidable quadrupède, un des plus gros après l'éléphant, dont il est bien loin pourtant de posséder la force, l'agilité, et surtout l'intelligence.

Sa tête énorme, aux yeux petits, obliques, aux oreilles ridiculement réduites, au front déprimé, couvrant un rudiment de cerveau, est tout en mufle.

La matière qui eût dû s'agglomérer en haut, a fusé jusqu'en bas, comme une pâte trop molle, s'est répandue pour former ce museau carré, épais, boursouflé, dans lequel s'épanouissent deux cratères béants — les narines.

Au-dessous, une vaste balafre sépare transversalement ce monticule et s'étend d'un côté à l'autre. Cela s'appelle la bouche, ou la gueule, si vous aimez mieux. Cela s'ouvre... s'ouvre — vous rappelez-vous l'ogre ? — et découvre des dents superbes, ma foi.

De l'ivoire magnifique, très blanc, d'un grain très fin et ne jaunissant pas. Bien qu'il ne porte pas de défenses comme l'éléphant, l'hippopotame n'en possède pas moins un fort joli râtelier composé, quand il est adulte, de trente-six dents. Il n'est pas rare de trouver des canines atteignant quarante centimètres et pesant jusqu'à six et sept kilogrammes ; ce qui est fort joli, et fournit pas mal de matière première aux ordonnateurs de la prothèse dentaire.

C'est d'ailleurs un article très recherché, et faisant sur la Côte d'Ivoire l'objet de transactions importantes.

A part ses dents, qui sont sa seule beauté, — encore ignore-t-il l'art de la faire valoir de son vivant, — tout le reste dans l'hippopotame est irrémédiablement laid. Son gros corps s'insérant sans cou à cette tête caricaturale, son ventre bedonnant, traînant presque à terre, et sa peau glabre, violette comme de la pulpe de betterave, forment un ensemble qui déroute les règles de notre esthétique.

En dépit de cet extérieur difforme, ce balourd n'est pas méchant. Il est d'un naturel assez pacifique, timide même, et jusqu'à un certain point bonasse.

Il n'attaque pas l'homme, et l'évite, à la condition toutefois que celui-ci le laisse en repos. Mais, quand on l'irrite, il devient terrible. Tous les instincts de la brute s'éveillent soudain et se résolvent en une fureur aveugle que rien n'apaise.

En temps ordinaire, c'est une bonne grosse bête, très sanguine, en dépit de son régime exclusivement végétal. Ce qu'il engloutit pour

sa subsistance quotidienne est réellement formidable. On a calculé qu'il absorbe aisément
par jour cent kilogrammes de substance alimentaire et qu'il boit en proportion.

Ce n'est pas seulement la quantité qu'il ré-
clame. Figurez-vous que ce vorace est gourmet.
Sa goinfrerie aime à se repaître de friandises.
S'il sait se contenter, faute de mieux, d'herbes,
de racines et de joncs broutés au bord des cours
d'eau et même au fond de leur lit, il recherche
avec avidité le riz, le millet, et surtout la canne
à sucre, son plat fin, son péché mignon.

Aussi, le passage d'un seul hippopotame dans
une culture indigène est-il un véritable désastre.
Non moins glouton que gâcheur, il promène de
ci, de là, ses deux ou trois mille kilogrammes,
grignote l'igname, mâchonne le riz, le millet
ou le sorgho, suçote la canne, tond les bour-
geons ou les graines, dédaigne les tiges, et
écrase encore quatre fois plus qu'il ne con-
somme.

Un pareil ordinaire l'engraisse au point qu'il
porte sous la peau un blindage de lard comme
le porc, dont la chair n'est pas sans analogie
avec la sienne. Ce lard, dont les indigènes sont
fort friands, possède une saveur à laquelle s'ha-
bitue difficilement un palais européen, mais dont

on s'accommode, faute de mieux, pour la cuisine.

J'ai dit que l'hippopotame était sanguin jusqu'à l'apoplexie. On a prétendu à ce sujet —
les anciens, naturellement — qu'il se saigne
lui-même pour échapper à la pléthore. Il avise,
dans ce but, une roche aiguë et tranchante, se
frotte vivement à la pointe, et pratique à son
cuir l'entaille nécessaire à l'écoulement du
sang. Il s'agite même violemment, afin de favoriser cet écoulement, s'il le trouve trop lent ou
insuffisant. Puis, quand il juge la saignée assez
copieuse, il va se coucher dans la vase épaisse,
qui forme compresse et bouche la plaie.

Aussi, a-t-on regardé l'hippopotame comme
ayant donné aux médecins l'idée de la saignée,
et cette idée, toute singulière qu'elle paraisse,
a été soutenue par Galien.

Nous n'y voyons aucun inconvénient, et nous
rappellerons, à ce sujet, pour mémoire, un autre
fait qui n'est pas sans analogie.

Le cormoran, qui se nourrit exclusivement
de poisson, n'a-t-il pas l'habitude de combattre
les obstructions produites dans son intestin, par
les arêtes, au moyen du remède illustré par
Molière, et dont le nom est prononcé même à
la Comédie-Française?

Il puise et conserve, à cet effet, dans la vaste

11

poche membraneuse dont son bec est inférieu-
rement pourvu, la quantité d'eau nécessaire à
l'opération, remplace par ce bec l'instrument
qui, depuis M. Fleurant jusqu'au docteur Égui-
sier, a subi d'importants perfectionnements, et
s'administre la chose à lui-même.

Si l'on accorde à l'hippopotame la paternité
de la saignée, peut-on refuser au cormoran un
brevet d'invention pour le remède si cher aux
médecins de Molière ?

La peau de l'hippopotame adulte, plus épaisse
encore que celle du rhinocéros, est un bouclier
incomparable, qui le protège merveilleusement
contre les sagayes, les flèches ou les lances em-
poisonnées des indigènes.

C'est même cette impénétrabilité qui, jusqu'à
nos jours, a empêché sa disparition des rivières
africaines ; puisque, différent en cela de la plupart des animaux sauvages, l'hippopotame se
laisse facilement approcher à portée de trait.

Les indigènes ne parvenaient jadis à le tuer,
sauf dans des cas exceptionnels, qu'à l'aide de
pièges, de trappes ou de fosses.

Mais, aujourd'hui, l'usage des armes à feu
devenant de plus en plus commun parmi les
peuplades africaines, et la recherche de l'ivoire
d'hippopotame étant devenue très rémunéra-

trice, il est permis de supposer que cet animal, encore assez commun dans les cours d'eau de l'Afrique centrale, deviendra excessivement rare.

A terre, l'allure de l'hippopotame est lourde et embarrassée. Ce personnage n'est pas taillé pour la course. Sa stature l'indique, d'ailleurs.

En revanche, c'est un nageur et un plongeur incomparable.

Il peut, quand il lui plaît, évoluer assez longtemps au fond des eaux, avec la plus grande facilité, ou se tenir indéfiniment à leur surface, où sa graisse le fait flotter comme une bouée.

En animal prudent, il est presque entièrement immergé, alors que, en vrai sybarite, il se laisse doucement aller au courant, et sommeille sur cette couche, qui n'a même pas les plis de la feuille de rose. Seuls, ses yeux, ses narines et ses oreilles émergent à peine, et de façon à lui permettre de respirer, de voir et d'entendre, sans courir grand risque d'être atteint, ou même aperçu par ses ennemis.

La rencontre imprévue, mais assez fréquente de ces énormes masses flottantes est particulièrement dangereuse pour les canots, sur les rivières où abonde l'hippopotame.

Ce choc, troublant brutalement la sérénité

de ses ébats, le rend tout à coup furieux. Il se
précipite sur l'embarcation et fracasse les bordages avec ses dents énormes, quand il ne se
contente pas de la soulever brusquement et
de la faire chavirer d'un seul effort.

Si le choc l'a blessé, malheur aux bateliers!
Leur perte est alors assurée. Le monstre les
broie aussitôt entre ses mâchoires puissantes.

L'hippopotame est encore aujourd'hui très
commun dans la partie moyenne de la Rokelle,
en dépit de la proximité relative de la colonie
anglaise de Sierra-Leone.

L'insalubrité du climat éloigne les sportsmen.
Ils préfèrent, avec raison, les immenses territoires de chasse que leur offre la colonie du
Cap, où ils trouvent à la fois le plaisir et la
santé.

Quant aux indigènes, ils n'osent guère
affronter qu'à terre ce gibier redoutable. Car,
là seulement ils peuvent l'attaquer presque
sans danger avec leurs fusils de traite. Mais,
ces occasions sont assez rares, vu sa grande
prédilection pour l'eau.

Aussi, la guerre qu'ils lui font a-t-elle à peine
retardé dans cette région la propagation de
l'espèce.

. . . . . . . . . . . . . . . . . .

On se rappelle comment la chaloupe rompit
le cercle menaçant des crocodiles, au moment
où la sécurité de l'équipage semblait irrémédiablement compromise. L'embarcation avait repris
sa course vers le haut du fleuve obstrué, par
places, de roches dont la présence rend la navigation assez périlleuse et nécessite une attention soutenue.

On avait jusqu'alors navigué sous petite vapeur, jusqu'au moment où les roches s'étant
éclaircies, Friquet avait fait accélérer la marche,
sans pour cela se départir de sa vigilance.
C'est alors qu'un choc brutal interrompit soudain le mouvement de propulsion et culbuta
l'équipage.

Chacun croit que la chaloupe a abordé une
roche, et l'opinion unanime est qu'on va couler.
Mais, chose étrange, les eaux se teignent tout à
coup en rouge, un remous considérable se produit à l'avant, puis un cri effrayant, formidable,
retentit.

Par bonheur, l'embarcation conserve son
aplomb. Rien ne semble avarié dans sa coque,
et si elle avance à peine, c'est que l'hélice ne
donne plus que le nombre de tours strictement
nécessaires pour lui conserver une vitesse supérieure à celle du courant.

Un second cri, plus terrible encore que le premier, semble jaillir du fond des eaux.

— Mais, s'écrie Friquet, je connais ce coup de trompette... ce sanglot de clairon...

« C'est le cri d'un cheval à l'agonie... Je l'ai entendu dans la pampa argentine et... ça ne s'oublie pas (1).

En même temps, un monstrueux hippopotame émerge du remous et se dresse hors de l'eau jusqu'au-dessous de l'épaule. Il ouvre une gueule démesurée, aux muqueuses violettes, sur lesquelles tranchent singulièrement des dents d'un superbe blanc mat. Il saisit le bordage de fer, le serre comme dans un étau, et le secoue avec l'aveugle ténacité de la brute.

Friquet voit le danger. Mais du moment que ce danger revêt une forme palpable, qu'il prend un corps, le Parisien ressaisit soudain toute sa bonne humeur.

— Tiens !... dit-il, le rocher flotte... Il mord... c'est une bébête !

« Veux-tu t'en aller, vieux laid !...

_____

(1) Ce cri constituerait le seul point de ressemblance qu'il soit possible d'établir entre l'hippopotame et le cheval. Encore est-il plus aigu, plus discordant, chez le premier, et tenterait-il à se rapprocher de celui du porc.

« Mais, c'est qu'il tient à grignoter notre tôle d'acier...

« Et moi je ne veux pas...

« Kiss !... Kiss !... A toi, à moi la paille de fer ! c'est bien le cas ou jamais de le dire.

La rage de l'hippopotame s'accroît avec la résistance de l'obstacle. Sa fureur double encore sa force ; il s'agite frénétiquement, et communique à la chaloupe des oscillations effrayantes.

Le Parisien, tout en plaisantant comme à l'habitude, en présence des situations les plus graves, n'a pas perdu une seconde.

Il a saisi sa carabine calibre 8, a introduit sans précipitation deux cartouches métalliques dans le tonnerre, et s'est placé de côté, à deux mètres de l'animal, qui, avec ses dents, arrache des étincelles à la paroi métallique.

— Eh bien ! mon garçon, dit Friquet en portant la crosse de l'arme à son épaule, on fait le méchant...

« On ne veut pas rentrer chez soi... Et Friquet, qui n'aime pourtant pas tuer, va être forcé de vous envoyer au milieu de la cervelle un des bonbons à M. Pertuiset.

« Une fois !... Deux fois !...

« Eh bien ! tant pis !...

Boum!... une violente détonation retentit. Le monstre, frappé entre l'œil et l'oreille par le terrible projectile, desserre l'étreinte de ses mâchoires et coule à pic.

Il s'enfonce lentement, de façon à permettre de constater les ravages de l'explosif.

C'est quelque chose d'effrayant. Le crâne est enlevé, un des yeux a disparu, la cervelle est pulvérisée, et des fragments d'os calcinés pendent au bout de lambeaux de peau arrachée.

On dirait que l'animal a été atteint par un boulet.

— Ils sont gentils tout plein au Jardin des Plantes, quand ils gobent des petits pains d'un sou, reprend Friquet.

« Mais ici, leurs manières manquent d'affabilité.

« Il est vrai que nous les caressons à coups de chaloupe... et à vapeur, encore!

« ... En douceur, camarades!... en douceur.

« Si nous allions en rencontrer d'autres!... Voyez comme l'eau bouillonne autour de nous.

« Là!... quand je vous le disais.

De nouveaux mastodontes surgissent de tous côtés.

La chute de leur congénère mutilé au fond du lit de la rivière a-t-elle excité leur fureur? Ou,

ce qui semble plus probable, la vue de l'embarcation à vapeur, son passage bruyant, sa masse
sombre, le ronflement de son hélice sont les
causes qui les arrachent à leur lourde quiétude.

A terre, avons-nous dit, l'hippopotame est
assez débonnaire.

Mais, dans l'eau qui est son élément de prédilection, son caractère devient parfois singulièrement agressif.

Aussi, n'est-il pas étonnant que l'aspect inattendu de ce monstre bruyant, qui souffle de la
fumée, éternue de la vapeur, et file comme un
poisson, en dépit de son volume, ait excité leur
brutale colère de bêtes sanguines.

Enfin, le cri d'agonie poussé par leur congénère a bien pu, aussi, leur servir de signal
d'alarme et de ralliement.

Ils sont là une vingtaine, manœuvrant de façon à entourer la chaloupe, et formant deux
cercles concentriques, se renforçant l'un l'autre.

— Allons, dit Friquet, il n'y a pas à hésiter.

« Nous devons franchir ces écueils mouvants,
tailler une brèche dans ces barricades de chair...
et pour cela recommencer le massacre.

« Soit! Ce n'est pas nous qui avons commencé.

Il s'installe à ces mots, à l'avant de l'embar-

11.

cation, avec sa carabine calibre 8, arme un des
matelots de son fusil de même calibre, dépose
à portée de sa main sa carabine Express, et
donne l'ordre au chauffeur, chargé de la conduite de la machine, de se tenir prêt à exécuter ses ordres.

La chaloupe avance lentement. Il serait dangereux de heurter rudement de pareilles masses.

Son avant n'est plus guère qu'à dix mètres
des pachydermes qui se rapprochent les uns
des autres, et émergent jusqu'aux épaules en
faisant craquer bruyamment leurs mâchoires.

Friquet a donné rapidement ses instructions
à son compagnon : viser chacun sa bête, autant
que possible à la tempe, faire feu en même
temps, ajuster et tirer de nouveau, sans précipitation surtout, et sans prévenir le signal.

C'est tout.

— Attention! dit le Parisien en épaulant son
arme.

« Vous y êtes?

— C'est paré, répond le matelot qui a imité
son geste.

— Feu!

Les deux énormes détonations retentissent
avec une telle simultanéité, qu'elles se confondent absolument.

Deux hippopotames, frappés en pleine tête, sombrent comme des futailles pleines, sans même pousser un cri.

— Tonnerre de Brest! grogne le matelot, qué coup d'obusier!

Une brèche est ouverte dans le rempart mouvant.

— En joue! camarade.

« Attention, à la machine...

« Feu!...

« A toute vapeur!...

Ces ordres s'exécutent avec une précision merveilleuse.

A peine si les deux coups de feu ont ébranlé les couches d'air, que la brèche s'est élargie.

Une sorte de chenal se trouve libre au milieu de ces écueils animés. La chaloupe s'y lance à pleine vitesse et le traverse entre deux jets bruyants de vapeur qui s'échappent latéralement.

C'est une bonne farce du chauffeur. Ne pouvant pas, comme précédemment, prendre part à la bataille, il a jugé à propos d'échauder au passage les mufles grimaçant hideusement à fleur d'eau.

Il a pleinement réussi, d'ailleurs, car les monstres, plus effrayés peut-être encore par cette projection brûlante que par le tonnerre des armes à feu, plongent brusquement, et disparaissent pour toujours.

Ce nouveau danger heureusement écarté, grâce principalement à l'excellence de l'armement, la chaloupe ralentit son allure, tout en conservant une vitesse relativement considérable.

Le lit de la Rokelle se resserre légèrement, mais, en revanche, les roches n'apparaissent plus au milieu du courant qui devient assez rapide.

On marche de la sorte environ deux heures, et Friquet, enchanté, oublie les péripéties dont ces deux journées ont été agrémentées, quand, à un brusque tournant du fleuve, la vue d'un spectacle tout à fait inattendu lui arrache une exclamation de surprise.

— Comment! cette rivière de malheur est encore barrée?

« Ah çà! mais, c'est plus que du guignon.

« Après les crocodiles, les hippopotames...

« Après les hippopotames, l'animal qu'on appelle homme... le plus dangereux de tous.

« Comment diable passerons-nous, si ces lascars-là s'entêtent à nous fermer la route?

L'inquiétude de Friquet n'a rien d'exagéré.

Le fleuve tout entier est barré, d'une rive à l'autre, par une ligne de pirogues dont chacune est montée par une dizaine de noirs armés.

Pourquoi ce blocus? Contre qui est-il établi?

Le Parisien veut s'en assurer. Il arbore à tout hasard un chiffon blanc, ce qui dans tous les pays du monde indique des intentions pacifiques, et l'on continue d'avancer, mais lentement, avec les armes toutes prêtes, bien que dissimulées avec soin.

Arrivé à portée de la voix, il fait héler les nègres par le laptot.

Celui-ci leur dit en substance qu'ils sont des voyageurs inoffensifs, amis des noirs, et qu'ils demandent à passer pour se rendre au pays des Kourankos, où ils sont attendus.

Un tapage infernal succède à ces prudentes paroles qui ont été écoutées dans le plus profond silence. Les noirs, sans répondre, se mettent à hurler comme des furieux. Puis, ils bandent leurs arcs, brandissent leurs sagayes, mettent en joue quelques fusils, et montrent, par cette pantomime trop expressive, qu'ils refusent absolument le passage.

Friquet, pensant que c'est simplement de l'intimidation, veut en avoir le cœur net.

Mais, aussitôt, les cris redoublent d'intensité.

Les flèches sifflent, quelques coups de feu éclatent, et l'on entend ronfler les balles de fer.

Pousser plus loin cette tentative serait la plus
insigne des folies.

Le Parisien se résout, bien à contre-cœur, à
donner l'ordre de la retraite. Non pas qu'il n'eût
été capable de rompre la ligne de pirogues, bien
loin de là.

— Parbleu! disait-il, en monologuant, selon
son habitude, nous passerions sans nous gêner
sur le ventre de ces chaloupiers de malheur.

« Un coup de mitrailleuse aurait tôt fait d'é-
parpiller leurs youyous, et nos armes à tir rapide
nous assureraient la victoire.

« Mais, après!... Nous serions signalés à tous
les riverains, traqués comme des bêtes fauves,
et forcés de batailler chaque jour.

« Ce ne serait rien encore si notre mission
n'était toute pacifique.

« Diable de gendarme!...

« Où est-il, maintenant?... a-t-il passé cette
ligne?... est-il dans la forêt?...

« Si encore ces abrutis de moricauds voulaient me renseigner à ce sujet... Je leur paierais
bien la goutte.

« Mais, va-t'en voir! Bien sûr qu'ils nous
prennent pour des Anglais.

« Eh bien! tant pis... Il s'agit de nous mettre
tout d'abord en dehors de la portée des armes
de ces personnages inhospitaliers.

« Après on verra.

« Rompre n'est pas fuir, après tout.

« ... Machine en arrière!

# CHAPITRE XI

Pour qui connaît le tempérament batailleur
de Friquet, l'idée seule de résister à l'envie de
culbuter les pirogues barrant la Rokelle, de
bosseler quelques-uns de ces vilains museaux
lippus qui crient : « Halte-là ! » de passer comme
un météore terrible, et d'apprendre à ces nègres
le cas qu'un blanc fait de leur ultimatum, constitue un acte d'héroïsme.

Il possède incontestablement tous les éléments

d'une victoire complète, dût cette victoire lui
être chèrement disputée.

Quelle résistance peuvent, en effet, opposer à
cette chaloupe en tôle d'acier, à sa machine, à
sa mitrailleuse, à son équipage formidablement
armé, les noirs avec leurs pirogues !

Le résultat de la lutte ne saurait être douteux.

Et pourtant, Friquet a battu en retraite... lui,
l'homme de toutes les audaces.

C'est qu'il sait allier la prudence à une incomparable bravoure.

Il battrait les nègres dans cette première rencontre... Mais, après ?...

Quel serait le résultat de cette victoire à la
Pyrrhus ?

Il ne s'agit pas seulement de pénétrer en
pays ennemi, mais encore de s'y maintenir. Et
dans ce cas, la chaloupe, excellente pour un
coup de main, est insuffisante pour une campagne prolongée.

Chargé d'une mission toute pacifique, peut-il,
dès le début, se laisser aller à des actes de
violence qui le forceront à batailler sans cesse,
à courir toujours avec une meute hurlante collée à sa trace, et qui lui fermera la voie du
retour.

Voilà ce que  le Parisien a pensé avec infi-

niment de bon sens, au moment où après avoir,
comme il le dit lui-même dans son langage
pittoresque, « serré la vis » à ses idées de conquérant, il a commandé : « Machine en arrière ! »

Les noirs, en voyant l'embarcation se retirer,
ont poussé une bruyante acclamation, mais
n'ont pas fait mine de la poursuivre. Ce en
quoi ils eurent pleinement raison, car Friquet
était résolu à n'accorder que cette seule conces-
sion.

Leurs intentions sont dès lors parfaitement
claires. Ils n'empêchent pas la circulation au-
dessous de la ligne bloquée, mais ils inter-
disent toute évolution dans son voisinage
immédiat.

Friquet, étant sorti de la zone dangereuse
des projectiles, fit virer la chaloupe, et alla
jeter l'ancre à environ deux kilomètres de là,
en pleine rivière, après avoir fait faire sur la
rive gauche une ample provision de bois.

Puis, il appela le laptot, qui jusqu'alors lui
avait donné d'irrécusables témoignages de
fidélité.

— Veux-tu, lui dit-il, aller vers ces hommes
qui barrent la rivière, savoir pourquoi ils nous
refusent le passage et tâcher d'avoir des nouvelles du « capitaine » — on se rappelle que

c'est le grade conféré, de sa propre autorité, par le Sénégalais à Barbanton.

— Moi aller, répondit-il simplement.

— Tu n'as pas peur qu'ils te tuent?

— Ça, vois-tu, maître, c'est égal à moi.

« Quand mort, pas besoin travailler.

— Voilà une bonne raison de paresseux, ou je ne m'y connais pas.

« Mais, dis-moi, s'ils te prennent et font de toi un esclave?

— Moi pas peur.

« Toi venir avec chaloupe, gros fusils, et ramener bon laptot à toi.

— Certainement, mon brave garçon, que j'irais t'arracher à tout prix de leurs vilaines pattes, et je te promets qu'il y aurait pas mal de calebasses de fêlées, si l'on violentait mon parlementaire.

« Mais, je compte sur leur bonne foi.

« Surtout, dis-leur bien que nous sommes des Français.

— Oui, bonjour... moi aller dans canot.

Le Sénégalais, à ces mots, s'affale par l'arrière dans le petit canot que la chaloupe traine à la remorque, saisit la grande pagaye indigène que tous les riverains de l'immense côte africaine manœuvrent à l'exclusion de l'aviron, et se met à remonter bravement le courant...

... Deux heures, quatre heures, puis six heures se passent sans aucune nouvelle.

Bien que Friquet connût par expérience l'interminable longueur des palabres (1), il commence à concevoir une vive inquiétude. La nuit est venue, et l'homme n'arrive pas.

A tout hasard, il a conservé la machine en pression pour être prêt à toute éventualité. C'est en vain qu'il a essayé de s'endormir, l'inquiétude le tient éveillé, quoi qu'il fasse.

Enfin, il allait, en désespoir de cause, se résoudre à se mettre dès la première heure à la recherche de son serviteur, quand il perçoit dans le lointain des cris joyeux, mêlés à des rires bruyants, qui lui arrivent très distincts, répercutés sur la surface des eaux tranquilles.

Il entend bientôt un bruit de pagayes, et voit, au clair de la lune, le petit canot, marchant de conserve avec une pirogue montée par plusieurs noirs.

(1) De l'espagnol *palabras* (paroles). C'est le nom que donnent les nègres de la côte occidentale d'Afrique, à leurs conférences ou assemblées.

Cette gaîté peut cacher un piège, quoiqu'elle semble aussi naturelle qu'exubérante.

— Qui vive ! s'écrie Friquet d'une voix qui éveille l'équipage de la chaloupe.

— Ça moi... moi bon laptot, maître.

— C'est bien, reprend-il tout joyeux en reconnaissant la voix du noir... et les autres ?

— Neg's déserteu's...

« Moi bu... eux bu... tout monde bu... Moi emmené eux pou' équipage chaloupe... si toi voulé...

« Si toi pas voulé... coupe la tête...

« Tête coupée... homme pas embarras.

— Le malheureux est ivre comme une grive en vendange, dit-il sans pouvoir réprimer un éclat de rire.

« N'importe ! Qu'il soit le bienvenu, lui et ses recrues.

« Allons, hisse !... et surtout, prends garde de tomber dans la rivière, ce qui pourrait mettre trop d'eau dans ton alougou.

Le laptot amarra consciencieusement son canot, avec ces minuties d'ivrognes qui veulent trop bien faire, se hissa lentement, puis s'accroupit à l'arrière en appelant ses compagnons.

Ceux-ci, qui de sang-froid n'eussent jamais osé s'approcher de la chaloupe, empoignèrent

délibérément le cordage, grimpèrent avec leur
agilité habituelle — les nègres comme les singes sont gymnastes en naissant — et prirent
pied, non sans quelques entrechats, sur l'arrière
ponté de l'embarcation.

— Eh bien! tu n'as pas perdu ton temps, à ce
que je vois.

— Oh! non, maître... moi bu!... mais bu!...

— Je m'en aperçois, fichtre! bien, que tu as
bidonné comme quatre...

— Pas g'ondé... moi bu, pou' fai' boi'e les
autres.

« Fait boi'e les autres pou' savoi' nouvelles.

— Pas bête du tout ce mode de séduction qui,
dans ce pays, est généralement irrésistible.

« Voyons, qu'as-tu appris ? As-tu des nouvelles du capitaine ?

— Maître... donne d'abo'd l'alougou à bon
serviteu'... à bons neg' dése'teu's...

— Mais, mon pauvre garçon, tu ne pourras
plus desserrer les dents... si pourtant ça peut
te faire plaisir...

— Oh! moi bu bière sorgho... bière millet...
alougou fai'e couler tout ça.

— Tiens donc et avale... Du diable si tu
pourras retrouver, après un pareil mélange, le fil
de tes idées...

— Camarades boire aussi, reprit le laptot avec sa ténacité d'ivrogne.

— Camarades aussi, continua Friquet avec son inaltérable patience d'homme qui connaît les nègres et qui sait attendre.

Chose étrange, l'absorption d'une énorme rasade de cet épouvantable breuvage connu sous le nom de rhum de traite, eut pour résultat inespéré de délier la langue du laptot.

Ces noirs africains sont vraiment de terribles buveurs.

— Moi nouvelles capitaine... capitaine passé quand nous tirailler c'ocodiles...

« Capitaine, général à Soungoya... minist'e guerre à Soungoya!... Soungoya grand chef!...

— Allons, rien ne m'étonne plus de Barbanton.

« Il est dit que mon brave ami courra toutes les aventures.

« Général et ministre de la guerre en trente heures, c'est joli.

« Mais, rien n'est impossible à un homme qui a été grand manitou chez les natifs australiens.

Friquet continua son interrogatoire, et apprit, en fin de compte, après de nouvelles rasades, que le passage de Soungoya avait littéralement révolutionné le pays.

Ses partisans, avertis dès la première heure, par ces intrépides coureurs qui se transmettent de l'un à l'autre les nouvelles avec une rapidité inouïe, avaient battu le grand tambour de guerre et s'étaient précipités comme un seul homme à sa rencontre.

On avait fait un accueil particulièrement distingué au blanc qu'il amenait, et dont le fier maintien, la prestance martiale indiquait un grand guerrier.

Ils étaient aussitôt montés dans une grande pirogue, avec des pagayeurs qui, se relayant d'heure en heure, imprimaient au léger esquif une vélocité incroyable.

Rien d'étonnant à ce que la chaloupe, entravée dans sa marche par les roches, immobilisée sur le banc de vase, eût été à ce point distancée par eux.

— Mais, les autres!... les abrutis qui ne veulent pas nous laisser passer? demanda Friquet enfin rassuré sur le sort de son vieil ami.

— Mauvais neg's... ennemis à Soungoya... eux fermé rivière.

« Pas voulé nous passer.

— Ils ne veulent pas que nous passions... ils prétendent fermer la rivière, voilà bien des vouloirs et des prétentions.

Une tête monstrueuse troue le rempart. (Page 214.)

« Mon gendarme étant devenu le généralissime des troupes du futur monarque, peut-
être devrais-je opérer ici une diversion en tom-
bant sur l'arrière-garde de l'armée ennemie...

« Mais, ai-je bien le droit de m'immiscer dans
les affaires de ces bonshommes qui ne valent
pas mieux les uns que les autres?...

« Non... En avant les moyens doux !

« Puisqu'il m'est impossible, je le vois, d'obtenir ce passage autrement que par la force, je
vais tourner la difficulté.

« Dis-moi, continua-t-il en s'adressant au
laptot, à quelle distance nous trouvons-nous,
par terre, du village de Soungoya ?

Le laptot interrogea ses compagnons qui
levèrent cinq doigts de la main droite, et trois
de la gauche.

— Cela fait huit jours, si je ne m'abuse.

« Et avec la chaloupe?

Leur réponse fut péremptoire. Dans deux
jours le « bateau de feu » ne pourrait plus
avancer à cause des roches et des eaux basses.
Il faudrait alors aller en pirogue. Le voyage
durerait au moins cinq jours.

— Entendu, mes braves garçons.

« Du moment où il faut quitter la chaloupe
et monter sur vos périssoires, mieux vaut dé-

12

barquer, prendre la voie de terre, longer autant
que possible le fleuve et arriver sans esclandre
chez le dit Soungoya.

... Dès que le jour parut, Friquet, en homme
qui sait promptement exécuter une résolution,
se mit en devoir d'opérer ses préparatifs.

Il fit demander aux trois noirs embauchés la
veille par le laptot, s'ils voulaient l'accompagner.

Ceux-ci qui avaient déserté avec armes et bagages, séduits par les promesses du Sénégalais,
ravis de faire campagne avec un blanc, accep-
tèrent avec enthousiasme.

Friquet leur ayant promis, pour la fin de
l'expédition, à chacun un fusil, avec une jolie
provision d'alougou, ils se mirent à ébaucher
une gigue de haute fantaisie, puis déclarèrent
que le blanc était leur père et qu'ils le suivraient
partout.

Ce premier point établi, Friquet résolut de
renvoyer la chaloupe à Free-Town avec les deux
matelots dont le concours lui devenait désormais
inutile. Il ne pouvait raisonnablement les con-
damner à l'immobilité sur la rivière, dans un
lieu horriblement malsain, infesté de moustiques, et où ils couraient risque d'être attaqués
par les riverains.

Il leur adjoignit un des noirs de l'équipage,

et garda près de lui les deux autres avec le laptot.

Le Parisien possédait de la sorte six gaillards robustes, dont trois connaissant parfaitement le pays, et tous susceptibles de transporter allègrement par voie de terre les bagages et les provisions de la petite expédition.

Chaque homme fut chargé d'un ballot renfermant cinq kilogrammes de biscuit, deux boîtes de conserves et des munitions. Ils reçurent, en outre, quelques effets d'habillement ou d'équipement à l'usage du chef, plus un hamac, le bateau pliant, des haches, deux scies à main, une petite boîte à médicaments, deux minces couvertures caoutchoutées, pourvues d'œillets de cuivre, et avec lesquelles on improvise, en une minute, un abri contre les averses torrentielles de l'équateur.

Le laptot et les deux noirs de l'équipage restèrent armés de leur carabine Winchester à répétition, et ces deux derniers furent en outre chargés de porter les armes de gros calibre à l'usage de Friquet.

Quant à celui-ci, il ne conserva que sa carabine Express, avec le grand revolver américain, et un sabre d'abatis accroché à son ceinturon.

N'oublions pas une boussole, solidement atta-

chée à une poche spéciale, et un briquet de fumeur avec sa mèche et son silex, bien que Friquet ne fumât pas.

Il écrivit ensuite au crayon quelques mots
pour informer André de ce qu'il avait fait et de
ce qu'il comptait faire, glissa le papier dans une
enveloppe imperméable, la remit au chauffeur,
se fit débarquer avec ses hommes sur la rive
droite du fleuve, et prit congé des deux matelots
avec une vigoureuse poignée de main.

Cinq minutes après, il était disparu dans la
forêt, et la chaloupe reprenait la direction de la
colonie anglaise.

Ce n'est pas peu de chose, croyez-le bien,
qu'un voyage à travers la gigantesque futaie
équinoxiale ; et s'il faut à l'Européen qui l'en-
treprend une certaine dose de fermeté, encore
doit-il posséder, pour l'accomplir, une énergie
peu commune avec un tempérament de fer.

Celui qui n'a pas mené la rude existence de
l'explorateur ne saurait croire quelles fatigues,
quelles souffrances, et parfois quelles tortures,
pour arriver à exécuter cette chose qui paraît
si simple : parcourir sur le terrain la ligne ima-
ginaire qui réunit sur la carte deux points quel-
conques de territoire inconnu.

A part les difficultés résultant de la configu-

ration des terrains, difficultés dont il a été parlé
au commencement de ce récit, il faut mentionner
en première ligne la température.

Figurez-vous une immense serre chaude saturée de vapeur d'eau, où règne une chaleur
lourde, humide, que ne rafraîchit jamais la
moindre brise, ni le jour ni la nuit, et dans laquelle s'épuise l'Européen, trempé d'une sueur
dont on ne saurait calculer l'incroyable surabondance.

C'est une espèce de bain perpétuel dont l'élément, hélas! est fourni par le principe essentiel
de la vie : le sang.

Le moindre mouvement, et par conséquent
la marche, a pour conséquence d'augmenter
dans des proportions invraisemblables cette sé-
crétion et de produire chez l'Européen une
anémie rapide.

Il faudrait à cet organisme bientôt débilité
par les sueurs profuses, une nourriture saine,
abondante, avec des vins généreux. L'explorateur mange ce qu'il trouve ou ce qu'il emporte:
de la venaison apprêtée à la diable, dévorée
sans sel, des conserves souvent avariées et de
l'eau chargée de détritus végétaux.

S'il pouvait au moins aspirer l'air pur des
hauts plateaux, et vivifier son sang appauvri

12.

par une large absorption d'oxygène! Mais non.
Il est en pleine forêt. Son poumon n'absorbera
que l'atmosphère de la serre chaude, cette
atmosphère saturée de cellules organiques en
putréfaction, le brouillard de la fièvre, le « lin-
ceul de l'Européen ».

Mais, enfin, rien ne presse. Il peut s'arrêter,
se reposer, goûter quelques heures d'un sommeil
bienfaisant.

Eh bien! non. Il ne pourra même pas trouver
ces quelques heures d'apaisement et d'oubli.

Si épuisé qu'il soit par la fatigue, la maladie
ou la privation de sommeil, une légion de petits
êtres malfaisants, intolérables, féroces, viendra
piquer, trouer, tenailler sa peau, verser dans
ses veines un poison brûlant, et ajouter à ses
multiples souffrances une nouvelle cause d'é-
nervement.

J'ai nommé les moustiques, maringouins,
mouches à feu ou autres diptères également
exécrables.

Ce ne sont donc pas les incidents de la vie
d'aventures qui sont pénibles pour l'explorateur,
mais, bien au contraire, le perpétuel terre-à-
terre de l'existence quotidienne, les évolutions
dans une solitude aussi morne qu'invariable
dans ses aspects.

Ceci dit, bien entendu, pour la seule forêt vierge, l'océan de verdure, l'épanouissement végétal dans sa monstrueuse fécondité.

La rencontre des fauves n'est pas, comme on pourrait le croire, une nouvelle cause de dangers. Loin de là. Sauf dans des cas exceptionnellement rares, et à part peut-être le buffle et le rhinocéros, les animaux féroces fuient la présence de l'homme.

Il faut les chercher, les poursuivre, les traquer, les attaquer, pour que leur présence constitue un péril. Qui ne se rappelle les déboires des chasseurs de profession devant lesquels se dérobe le grand gibier avec une ténacité désespérante !

Les serpents, quoi qu'on en pense, ne sont guère plus dangereux. Ils n'attaquent l'homme que quand celui-ci les surprend endormis et leur marche littéralement dessus. Chose rare, car ils s'enfuient généralement au moindre bruit.

Nous ne parlons pas, bien entendu, des géants de l'espèce, dont la rencontre est d'ailleurs exceptionnelle...

... Friquet évoluait depuis deux jours dans la forêt. Il maugréait de tout son cœur contre les inconvénients de la route, et il avait fort à faire, car la série était complète. Il donnait surtout au diable les nègres qui lui avaient fait abandonner sa bonne chaloupe, sur laquelle il naviguait en vrai sybarite, et ne pouvait s'empêcher de comprendre quelque peu dans ses malédictions son ami Barbanton.

Les souffrances du Parisien étaient d'autant plus vives, qu'il n'était pas encore acclimaté. Son sang généreux d'Européen fraichement débarqué, se résolvait en une sueur continue qui roulait sur son corps, des cheveux à la plante des pieds. Les piqûres de moustiques, auxquelles on ne fait plus guère attention au bout de cinq à six mois, lui produisaient l'effet de dards de feu, et les « bourbouilles », cette éruption cutanée qui sévit sur les blancs quand ils atteignent la zone des tropiques, lui causaient d'affreuses démangeaisons.

— Et, quand je pense que tout cela n'est rien encore, disait-il moitié riant, moitié furieux; qu'il faudra peut-être se battre, courir, se donner un mouvement enragé, assister à une révolution, barboter dans des émeutes, entendre des discours, avaler des proclamations et peut-être aider à élaborer une constitution!

« O gendarme!... gendarme, combien vous fûtes inconsidéré, en larguant ainsi vos amis, pour courir les aventures!

« Pourvu que je vous retrouve en entier, ô Pandore équinoxial !

« Pourvu que vous ne vous ébréchiez pas les dents en mordant au gâteau des honneurs !

« Tiens ! à propos, nous quittons la forêt. On étouffe moins, mais il fait plus chaud...

« Nous voici au bord du fleuve, sur les terrains d'alluvion assez mous, et au milieu de roseaux géants.

« Je n'aime pas bien cela.

« Eh ! laptot...

— Maître ?

— Demande donc à ces moricauds pourquoi ils se rapprochent ainsi de la rivière ; ils vont nous faire culbuter dans quelque fondrière !

— Ils disent que c'est la bonne direction.

— Ça m'est égal... Je veux obliquer à droite.

— Ils prétendent que c'est plein de buffles et de rhinocéros, et que nous serons mis en pièces.

— Dis-leur une bonne fois qu'ils m'embêtent... qu'il n'y a qu'un seul chef ici... moi.

« S'ils ne sont pas contents, ils peuvent s'en aller... et alors, plus d'alougou, plus de fusils.

« Ah ! il y a des rhinocéros et des buffles...

« Ça fait rudement mon affaire, et je mangerais bien un peu de viande fraîche.

« Du rhinocéros, je ne sais pas... Mais du buffle, je connais ça : un morceau de langue, ou même d'aloyau, ou encore de filet.

« Allons donc chercher un buffle.

« Laptot, ma carabine.

— Voilà, maître.

— Tu te tiendras toujours près de moi, et quoi qu'il arrive, tu ne bougeras pas.

— Moi rester... compris.

— Tiens ! Quel est ce tapage ?

« On dirait une bande de sangliers qui tripotent dans la vase molle...

« Peut-être des buffles...

Le bruit devient de plus en plus intense. Il s'y mêle comme des ébrouements de bêtes effrayées, puis on entend une marche rapide, mais pesante, à travers les roseaux géants.

Enfin, une tête monstrueuse troue le frêle rempart de graminées, s'arrête un moment, et renifle avec fureur les émanations humaines.

Les nègres, épouvantés, s'enfuient en hurlant.

Le laptot pâlit, devient gris de cendre, mais reste à son poste.

— Maître, murmure le brave garçon d'une voix éteinte et en claquant des dents, défends bon serviteur à toi...

« C'est rhinocéros !...

# CHAPITRE XII

Plus heureux que l'hippopotame, bien qu'il ne semble pas apprécier toute l'étendue de son bonheur, le rhinocéros possède un nom qui ne le compromet pas.

L'étymologie n'a pas été injuste pour lui. S'il n'a pas pu échapper à une appellation dérivée du grec, encore cette appellation est-elle correcte : ῥίν nez, κέρας corne, dont on a fait tout naturellement rhinocéros.

Voilà certes une dénomination rationnelle
pour cet énorme quadrupède qui se signale, à
première vue, par cette singularité anatomique
d'un nez agrémenté d'une corne, et même de
deux cornes, suivant l'espèce à laquelle il
appartient.

Il serait superflu de dire qu'il fait partie de
l'ordre des pachydermes, car la proverbiale
épaisseur de sa peau le rend pour ainsi dire le
prototype de cet ordre. Son aire géographique
est en outre infiniment plus étendue que celle
de l'hippopotame, puisqu'on le trouve non seulement en Afrique, mais encore en Asie et sur
les grandes îles qui en dépendent.

Nous nous occuperons exclusivement aujour-
d'hui du rhinocéros africain dont nous allons
tracer, en quelques mots rapides, une courte mo-
nographie.

Ses caractères généraux sont d'ailleurs identiques à ceux de son congénère asiatique, et
sauf certaines particularités anatomiques que
nous étudierons probablement par la suite, leur
extérieur, leurs mœurs, leur tempérament ne
diffèrent pas sensiblement.

C'est vraiment une étrange physionomie que
celle de ce colosse qui, plus encore peut-être
que l'hippopotame, personnifierait, si c'était

possible, la force matérielle dans tout ce qu'elle
peut avoir de plus brutal, de plus irraisonné, de
plus stupide.

La tête, courte, triangulaire, s'insère sans
cou à des épaules difformes, sur lesquelles roule
en plis lourds une peau glabre, couverte de
tubercules, de durillons, et d'une indéfinissable
nuance de boue séchée.

Le front, siège de la pensée, n'existe pas. Il
est figuré par une dépression! On se demande
où peut bien être le cerveau. L'oreille est courte,
droite, et roulée en cornet. L'œil, incroyable-
ment petit, myope, dur, disparaît sous une croûte
qui s'élève et s'abaisse lentement : c'est la paupière. La bouche est petite, avec des lèvres
plates. La lèvre supérieure, légèrement exten-
sible et mobile à volonté, retombe en formant
devant la bouche une légère saillie en pointe.
L'animal peut s'en servir pour saisir presque
tous les objets de petite et de moyenne dimen-
sion.

Le nez, haut, porte deux narines en croissant
avec la convexité en bas. Sur ce nez se dresse,
monumentale, menaçante, inattendue, la corne.

Cette corne qui sert au rhinocéros d'arme
offensive et d'instrument pour mettre à découvert
les racines dont il est fort friand, n'est pas,

13

comme on pourrait le croire, formée d'une substance osseuse analogue à celle qui constitue le
bois des cerfs ou des élans. Quoique très dure
et d'une entière solidité d'un bout à l'autre,
elle paraît formée de fibres accolées les unes aux
autres, ou plutôt de poils agglutinés par la matière cornée. Elle est persistante comme celle
des bœufs, moutons, etc., mais n'entoure pas une
gaîne osseuse.

Enfin, elle offre cette particularité curieuse,
de ne point adhérer aux os du crâne qui se pro-
longent jusqu'au-dessus des narines et possèdent
une épaisseur prodigieuse. Elle ne tient que par
la peau, et on peut la séparer de la tête avec un
couteau solide et bien affilé.

C'est une matière susceptible de recevoir un
beau poli, et qui est employée dans l'industrie à
de nombreux usages.

Le rhinocéros, enfermé dans sa peau comme
dans une armure, a bénéficié longtemps d'une
invulnérabilité presque absolue, que la terrible
pénétration de nos armes contemporaines vient
de faire cesser complètement.

Jadis, en effet, il n'était guère facile de percer
un cuir pareil, un vrai blindage collé aux flancs,
au dos, aux épaules, aux cuisses, et tellement
épais, résistant, rigide, qu'il est pourvu de plis

destinés à faciliter les mouvements de l'animal. Faute de ces plis formant charnière, il serait prisonnier dans son armure!

Il fallait le frapper pendant la marche, juste au moment où le pli de l'épaule, s'effaçant, découvrait le tissu sous-jacent perméable au projectile.

On pouvait encore espérer lui casser la jambe, mais il était plus que problématique de l'atteindre à la tête, la seule partie vulnérable étant l'œil, et les tireurs de la race de Bas-de-Cuir n'étant pas des plus communs.

Il suffit, aujourd'hui, quand on possède avec le sang-froid et l'adresse indispensables à cette chasse émouvante, une bonne carabine Greener de gros calibre, à balle pleine, ou si l'on veut, à balle Express, il suffit, dis-je, pour culbuter un rhinocéros, de viser obliquement la tache noire qu'il porte en arrière de l'épaule.

On compte en Afrique deux espèces principales de rhinocéros, formant quatre variétés bien distinctes.

Le rhinocéros *blanc*, et le rhinocéros *noir*. Chacune de ces espèces est représentée par des sujets portant une ou deux cornes, ce qui produit les quatre variétés.

Les rhinocéros blancs, à une ou à deux cornes,

sont de beaucoup les plus gros. Ils sont infiniment moins agiles que les noirs, et attaquent
rarement l'homme qui les poursuit. Ils deviennent aussi plus obèses, et leur chair est assez
agréable à manger.

L'unique corne du premier, qui atteint jusqu'à
un mètre, se trouve recourbée en arrière, tandis
que chez le second, la corne antérieure, la
plus longue, qui dépasse souvent un mètre
trente centimètres, pointe en avant à 45 degrés.
La corne postérieure a rarement plus de quinze
à vingt centimètres de long. Ce n'est souvent
qu'une simple protubérance mamelonnée.

Les rhinocéros noirs des deux espèces sont
plus petits et plus alertes que les blancs. Ils
sont également très dangereux et se précipitent
impétueusement, sans même être attaqués,
sur tout ce qui excite leur attention.

Leur chair est dure, sèche, maigre, au point
que les noirs eux-mêmes, peu difficiles en fait
d'alimentation, n'en font guère de cas.

On a dit du rhinocéros qu'il était d'un caractère généralement paisible, comme la plupart
des animaux vivant de végétaux, et chez lesquels l'instinct de la férocité n'est pas développé
par la soif du sang.

Cela peut être vrai pour le rhinocéros blanc,

mais absolument faux en ce qui concerne le noir.

Ce dernier est sujet à d'épouvantables paroxysmes de fureur que rien ne semble motiver. Il laboure la terre de sa corne et attaque les buissons avec une rage inouïe. Il s'acharne pendant des heures entières sur ces objets inertes, reniflant et soufflant bruyamment, et ne les quitte qu'après les avoir mis en pièces.

Aussi, les cornes, dans les deux espèces noires, à force d'être frottées contre la terre, cognées aux arbres, polies aux écorces, sont-elles relativement courtes, et dépassent rarement vingt-cinq à trente centimètres.

Contrairement aux éléphants, les rhinocéros ne se réunissent presque jamais par troupeaux : on les rencontre seuls ou par couples. Dans les districts où ils affluent, on les trouve quelquefois par trois, et très exceptionnellement par cinq ou six.

Pour terminer, un dernier mot relatif à un inséparable compagnon du rhinocéros, qui vit de lui et avec lui, et semble vivre pour lui. C'est un petit oiseau de la famille des passereaux, du genre *buphage* ou *pique-bœuf*. Les colons du Cap le nomment « rhinoceros-bird » et les naturalistes *buphaga africana*.

On ne saurait dire que ce soit exclusivement

par intérêt que cet oiseau accompagne toujours
le monstrueux quadrupède auquel il s'est dévoué, car, à l'exception de quelques tiquets
ponctués, accrochés aux oreilles du rhinocéros,
de quelques larves d'œstres, implantées dans
les plis de son cuir épais et nu, il ne trouve à
manger qu'un nombre de parasites relativement
restreint.

L'attachement du buphage pour le rhinocéros
a donc aussi quelque chose de platonique. Il
l'escorte pendant sa marche, volète gaîment
au-dessus de lui, s'arrête quand il s'arrête,
veille sur son sommeil, pousse des cris aigus
pour le réveiller s'il survient un danger, et lui
pique furieusement les oreilles, si sa voix ne peut
arracher le dormeur à sa pesante immobilité.

« Que de fois, dit à ce propos Gordon Cum-
ming, le rude chasseur à la véracité duquel aime
à rendre hommage le docteur Livingstone, j'aį
été tenté de maudire leur dévouement! Car le
rhinocéros, qui comprend à merveille leurs aver-
tissements, se met sur pied à l'instant, regarde
de tous côtés et prend la fuite.

« J'ai fréquemment chassé le rhinocéros à
cheval : il me conduisait à plusieurs milles de
distance et recevait plusieurs coups de feu avant
de tomber, et pendant ces longues chasses,

plusieurs de ces oiseaux l'assistaient jusqu'au dernier moment.

« Ils se perchaient sur son dos et sur ses flancs ; à chaque balle qui résonnait sur l'épaule de l'animal, ils s'élevaient de six pieds dans les airs en poussant leur aigre cri d'alarme et reprenaient ensuite leur position. Il arrivait souvent que les basses branches des arbres sous lesquelles passait le rhinocéros les repoussaient de leur perchoir, mais ils s'y reportaient aussitôt.

« J'ai plus d'une fois tué ces animaux lorsqu'ils venaient boire la nuit ; mais les oiseaux les croyant endormis, restaient près d'eux jusqu'au matin. En m'approchant, je remarquais alors qu'avant de prendre leur vol, ils faisaient tous leurs efforts pour éveiller le rhinocéros... »

Nous avons dit précédemment que le rhinocéros blanc est d'un naturel moins farouche que le noir. Cette règle ne saurait être absolue, et elle comporte nécessairement des exceptions.

La preuve, c'est que le sujet dont notre ami le Parisien vient de faire la rencontre parfaitement désagréable d'ailleurs, se signale, au premier aspect, par une fureur soudaine, et pourtant il appartient à l'espèce blanche à une corne.

C'est un géant de l'espèce. La ligne de son dos atteint en hauteur la moitié des roseaux

surmontés de magnifiques ombelles globu-
leuses, réunies, à plus de quatre mètres au-
dessus de la terre, de façon à produire un gracieux abri contre le soleil.

Il se rue la tête basse, le nez collé au sol,
soufflant comme un taureau en colère, et pointant
droit devant lui sa corne immense, haute d'un
mètre.

Friquet, voyant rouler comme une avalanche
de chair cette masse d'un gris terne, sale et
boueux, ne sait trop en quel point faire feu (1).

Fort heureusement, le sol est constitué par un
épais lacis que forment à fleur de boue les racines
des roseaux. Ce plancher, très résistant pour
l'homme, supporte difficilement le galop du
monstrueux pachyderme.

De temps en temps, un de ses pieds, pesant
trop lourdement sur cette espèce de radeau,
enfonce dans la vase, ce qui ralentit considéra-
blement son élan.

Friquet, désespérant de trouver de face un
point vulnérable, se jette lestement de côté,

---

(1) Il serait plus logique d'appeler *gris* le rhinocéros *blanc*,
car la nuance de sa peau est un gris sale, qui d'ailleurs,
comparée à celle de son congénère noir, paraît infiniment
plus claire qu'elle n'est en réalité.

                                        L. B.

ajuste l'épaule, et décharge son arme, à tout
hasard, en pleine masse.

Mais, un dixième de seconde peut-être avant
que le jeune homme ait abaissé la détente, le
colosse évente les noirs fugitifs tapis dans les
roseaux et opère une volte rapide vers Friquet.

Ce mouvement, aussi instantané que la pensée, met de nouveau sa tête complètement en
face du tireur. Le coup part, et la balle Express
frappe la corne à cinq centimètres à peine au-
dessus du nez.

Cette corne, malgré sa grosseur phénoménale,
sa hauteur, sa dureté, la singulière ténacité de
sa contexture, est pour ainsi dire fauchée à son
point d'insertion. Fracassée à la base, effiloquée
un peu plus haut, et lézardée dans toute sa
longueur, elle oscille brusquement et tombe
devant le museau de son propriétaire, auquel
elle reste adhérente par quelques lambeaux de
peau.

— Pétard ! s'écrie Friquet, tout décontenancé,
c'est pas ça que je voulais attraper...

« Ce monument eût bien fait dans la collection...

« Eh ! minute, camarade...

« Le second coup est chargé.

Le rhinocéros, un instant abasourdi par ce

choc formidable, a plié les genoux. Mais on sait
que sa corne n'adhère pas aux os du crâne et
qu'elle est simplement collée au périoste.

La répercussion du coup à son cerveau est
donc insignifiante, et dans tous les cas passa-
gère.

Il se relève en poussant un beuglement épouvantable et, plus furieux que jamais, exaspéré
en outre par sa corne qui lui bat les jambes,
comme la bûche pendue au cou des vaches vi-
cieuses, il se précipite de nouveau sur le petit
groupe formé par Friquet et le laptot.

Le Parisien, bien que se trouvant dans des
conditions désavantageuses, confiant d'ailleurs
dans l'excellence de son arme, n'hésite pas à
faire feu une seconde fois.

Un chasseur expérimenté se fût abstenu. Il
eût manœuvré de façon à avoir l'animal en plein
flanc.

Mais, Friquet, tireur ordinaire, chasseur novice et peu enthousiaste, n'ayant de supériorité
réelle que par son sang-froid inaltérable et sa
froide intrépidité, a cru pouvoir culbuter le
monstre par un coup dirigé en biais.

Ce qui constitue au moins une imprudence.

Quelle que soit, en effet, la vitesse initiale
d'un projectile, quelle que soit sa grosseur, il

Le laptot lui trancha net le jarret. (Page 232.)

est évident que les effets de sa projection seront singulièrement modifiés s'il ne frappe pas normalement.

Comme le rhinocéros charge la tête basse, la balle calibre 8 l'atteint un peu au-dessus de l'épaule, au beau milieu des plis formés par la peau.

Une balle ordinaire, d'un calibre moyen, 16 ou 14 par exemple, eût été incapable de percer ce véritable rempart.

Mais le redoutable projectile, en plomb durci, poussé par dix-sept grammes et demi de poudre, pénètre quand même dans la masse épidermique, la traverse instantanément, et vient s'écraser sur l'omoplate, qu'il fracasse comme du verre.

Une véritable brèche est ouverte dans la forteresse mouvante. A travers des débris de chair, d'os et de peau, arrachés, lacérés, broyés, apparaît une substance rouge pâle, aussitôt mise à nu. C'est le poumon.

Cette blessure épouvantable va être rapidement mortelle. Il est évident que le monstre doit succomber à courte échéance. Malheureusement, sa vitalité est tellement intense, qu'il fléchit à peine. L'épuisement résultant de la perte du sang pourra seul avoir raison d'un pareil colosse.

Friquet, en homme qui a soin de ses armes,
met en bandoulière sa carabine déchargée,
tout en s'effaçant lestement pour laisser passer
le rhinocéros.

Puis, il reçoit aussitôt des mains du laptot
qui n'a pas bronché, son fusil double calibre 8,
chargé à balle pleine, sphérique.

Cette arme, infiniment plus longue que la carabine, et par conséquent moins maniable, est
également très redoutable, bien qu'elle ne porte
pas de rayure.

Ses effets sont identiques à petite distance,
avec la balle pleine, et comme choc, et comme
pénétration.

Par bonheur, les deux coups de feu tirés par
Friquet ont produit une fumée épaisse qui flotte
lourdement sans s'élever dans l'air saturé d'humidité, et enveloppe comme d'un nuage le jeune
homme et son compagnon.

Le rhinocéros, dont la vue est mauvaise, ne
les voit plus tout d'abord, quand après avoir
arrêté son élan, il veut opérer un retour offensif.

Friquet l'entend grogner, geindre et beugler
à vingt pas, et aperçoit vaguement sa masse
sombre agitée de mouvements désordonnés.

— Ah çà! il ne va pas tomber, à la fin, celui-là.

« Qu'est-ce qu'il lui faut donc?...

« Je fais pourtant tout ce que je peux.

« Eh! laptot!... prends mon fusil... j'ai le temps de recharger ma carabine.

Le Sénégalais ne répond pas.

Friquet tourne rapidement la tête, et ne voit plus son serviteur.

— Lâcheur, va!... murmure-t-il.

Une légère risée courbe en ce moment les tiges des roseaux géants, et balaie la fumée blanche de la poudre.

Le Parisien voit son ennemi immobile, en plein travers, le nez au vent, cherchant une émanation...

— Enfin!... dit-il en ajustant rapidement d'instinct la tache brune placée en arrière de l'épaule.

Le coup part, et Friquet entend distinctement frapper sa balle sur le thorax monstrueux de la bête.

Celle-ci, bien que frappée à mort, a encore la force de s'élancer dans la direction du tireur.

Le jeune homme, un moment interdit devant une telle puissance de vitalité, fait feu de son second coup, avec précipitation, malheureusement.

La seconde balle, mal ajustée, ne fait qu'une blessure insignifiante.

Voilà donc Friquet désarmé—nous ne comptons pas son revolver, insuffisant pour une telle besogne — et chargé de deux fusils vides avec un rhinocéros à dix pas...

Le monstre est mourant, mais son agonie peut être terrible.

Ma foi, notre ami n'hésite plus. Il va, sans fausse honte, se débarrasser en un clin d'œil de ses armes et s'élancer à travers les roseaux, en attendant que son ennemi succombe.

Mais, aura-t-il le temps d'opérer cette prudente retraite?...

N'a-t-il pas trop tardé?...

Déjà il lui semble sentir la buée chaude produite par le souffle embarrassé de l'animal.

Il va être culbuté, piétiné, broyé...

Il s'élance en arrière, bute dans un trou creusé tout à l'heure par un pied du rhinocéros, et s'étale de tout son long.

Il se sent perdu!

Au même instant, le rhinocéros pousse un cri déchirant, s'arrête brusquement comme foudroyé, puis, s'écroule lentement sur le côté, à un mètre à peine du Parisien.

Au cri de la bête, répond une clameur humaine presque aussi sauvage, et singulièrement vibrante.

Puis, le laptot apparaît, brandissant son sabre d'abatis, rouge de la pointe à la poignée.

Friquet se relève d'un bond, et s'écrie, tout étonné de se trouver encore vivant :

— Ah çà ! d'où sors-tu donc, toi ?

— Tiens !... Vois !... répond le brave garçon en entraînant son maître de l'autre côté de l'animal, agité de convulsifs soubresauts.

— Eh bien ! mon garçon, c'est là de bel ouvrage, et proprement fait... au bon moment, surtout.

— Toi content, maître ?

— Dis donc, on le serait à moins.

« Ensuite, tu sais, indépendamment du plaisir qu'on éprouve à se retrouver en vie, on n'est pas fâché de savoir qu'on peut compter sur quelqu'un.

« Et moi qui venais de t'appeler lâcheur !

« Ce que tu viens de faire là, mon brave camarade, ça vaut une rude poignée de main, en attendant mieux.

Les éloges du Parisien n'ont rien d'exagéré, et la manœuvre du laptot lui a certainement sauvé la vie.

Au moment où il venait de lui remettre le second fusil, le Sénégalais, profitant de l'opacité du nuage de poudre, s'était élancé à travers les roseaux, avait gagné le rhinocéros sous le vent et s'était approché doucement de lui.

Il allait, par une manœuvre aussi habile qu'audacieuse, lui trancher d'un coup de sabre le tendon d'un pied de derrière, quand Friquet fit feu.

L'animal, bien que mortellement blessé, avait pu s'élancer. Le laptot bondit aussitôt à sa suite, l'atteignit et fut assez heureux pour lui porter un furieux coup de sabre qui lui trancha tout net le jarret et le fit culbuter sur le coup.

Il était temps!

Et maintenant, Friquet, appuyé sur son fusil, contemple ce colosse inerte, et commence à comprendre les incomparables émotions que procure la chasse.

Non pas cette chasse stupide qui consiste à massacrer sans nécessité pour le plaisir féroce de mettre à mort des créatures vivantes, mais celle qui a pour but la défense individuelle et l'alimentation.

Le Parisien a été attaqué. Il s'est défendu. Rien de mieux.

Il a sept hommes à nourrir, lui compris, — les fugitifs sont promptement revenus en entendant les cris de victoire poussés par le laptot, — la petite troupe va déjeuner d'une vaste grillade de rhinocéros blanc.

C'est ainsi qu'on devient chasseur.

# CHAPITRE XIII

Il y a dix jours que Friquet a quitté la rade de Free-Town pour se mettre à la recherche de son ami Barbanton.

Le gendarme, on s'en souvient, a subitement déserté le yacht, sur lequel une série d'événements passablement étranges ont amené son bourreau domestique. Il doit être en ce moment au village de Soungoya, non loin des sources dela Rokelle, en compagnie du noir portant le nom de ce village, un prétendant en quête de monarchie.

Friquet, après avoir vu le commencement de son voyage émaillé d'incidents assez émouvants pour marquer dans la vie de l'explorateur le moins impressionnable, est retombé dans le terre-à-terre du cosmopolitisme le plus banal.

Il ne s'en plaint pas outre mesure.

Que voulez-vous! on ne peut pourtant pas être assiégé tous les jours par une armée de crocodiles, être à chaque instant le centre des ébats d'une troupe d'hippopotames, ou goûter sans trêve les émotions d'un tête-à-tête avec un rhinocéros.

Il est des moments, dans les existences les plus accidentées, où les aventures elles-mêmes font relâche.

Aussi, le Parisien a-t-il suivi sans difficultés, bien qu'à travers bois, marais ou fondrières, une voie à peu près parallèle au fleuve que nous connaissons sous le nom de Rokelle, et que les noirs ennemis du prétendant ont intercepté vers la moitié de sa longueur environ.

Les fauves se sont faits de plus en plus rares, mais, en revanche, et par une conséquence naturelle, les rencontres avec les hommes ont été plus fréquentes.

Ces braves indigènes, ordinairement fort apathiques, semblent en ce moment surexcités par l'attente d'événements importants. Dans les villages espacés de loin en loin sur les clairières émaillant la grande forêt, les travaux habituels, très rudimentaires pourtant, sont suspendus de tous côtés.

On pérore, on palabre, on boit surtout, devant les cases légères couvertes en feuilles de balisier... Les conversations s'animent, le nom de Soungoya revient fréquemment, il s'agit du fétiche tout-puissant qui doit lui donner la victoire, du blanc qui l'accompagne, de la guerre qui commence, de ses éventualités probables, puis, on boit de plus en plus.

C'est une belle chose, que la politique sur les côtes de Guinée.

Friquet, en sa qualité d'Européen, est cordialement accueilli. Il voit même, quoi qu'il fasse, sa troupe grossir à vue d'œil. Ses hommes ont raconté sur la route les exploits du jeune chasseur, ils ont exalté sa bravoure, son adresse et les propriétés terribles de ses armes, qui tuent les hippopotames et les rhinocéros.

Il n'en a pas fallu davantage pour faire marcher à sa suite un clan d'êtres faméliques, toujours en quête de bombances faciles, jamais

repus, et ne travaillant tout juste que pour ensemencer le millet et le sorgho nécessaires à la
confection de la bière indigène.

On peut bien se passer jusqu'à un certain
point de manger, mais de boire, jamais !

— Si ça continue, dit à part lui Friquet,
je vais recruter sans le vouloir un corps expé-
ditionnaire.

« Tous ces affamés qui me suivent pour que
je leur tue du gibier vont arriver chez Soungoya
le ventre à peu près vide... ils se battront...
pour qui ?... contre qui ?...

« De façon que, avec ma volonté bien arrêtée
de ne me mêler de rien, je suis capable de modifier singulièrement la politique locale.

« Ma foi, tant pis !... Je n'y peux rien...

« Advienne que pourra, pourvu que je retrouve mon gendarme !

On approche de plus en plus d'un centre
populeux. Tout l'annonce, surtout les modifi-
cations subies par le sol depuis des temps sans
doute reculés.

On commence enfin à rencontrer quelques
traces de culture véritable. Ces cultures, qui
changent constamment de place aux dépens de
la forêt, sont précédées de défrichements fort
pénibles.

Les villages tout entiers émigrent en même temps pour cette affaire essentielle, et s'en vont camper sous bois. On dresse des abris couverts avec les feuilles de balisier, puis quelques femmes s'occupent de la cuisine, pendant que les autres, portant leurs enfants sur leur dos, vont aider les hommes à débiter, à rassembler et à incendier les arbres abattus.

Le soir, s'organisent au son du tam-tam les danses, cette gymnastique enragée qui est, pour le nègre, indispensable au plaisir comme au travail. Les feux brillent à travers les feuillages, éclairant de lueurs crues ces rondes fantastiques qui durent presque toute la nuit, sans que ces êtres, excessifs en toute chose, semblent ressentir de fatigue.

Cette animation, inconnue au village, dure jusqu'à ce que la clairière soit ouverte et le gros œuvre terminé. Puis, le naturel revient au galop, et les hommes laissant aux femmes le soin d'ensemencer seules les terrains préparés ensemble, retournent à leurs cases, se plonger dans cette paresse béate qui les immobilisera jusqu'à la récolte.

Sur ce sol déblayé à la diable, on plante le manioc et le bananier qui, avec le poisson sec, constituent la base de l'alimentation.

On connaît le bananier, ainsi que le manioc.
Nous avons eu autrefois occasion d'en parler
assez souvent pour qu'il soit inutile d'y revenir.

Ajoutons, toutefois, que ce manioc a sur celui
d'Amérique l'avantage de n'être pas toxique.
Il est également réduit en farine grossière,
mais au lieu d'être conservé sous cette forme,
on en fait une pâte molle soumise à un certain degré de fermentation qui lui donne un
goût aigre et nauséeux très apprécié des indigènes.

Après deux récoltes au plus, ces abatis sont
abandonnés. Il faudrait une culture suivie et
quelques assolements pour conserver à la terre
ses facultés productrices.

Qu'importe aux noirs ! Ils ont besoin de manioc et de bananes, et pas d'autre chose. Ils
n'ont qu'à abattre pour cela un nouveau pan de
forêt.

Ces abatis abandonnés voient croître avec
une incroyable énergie des végétaux nouveaux,
à l'exclusion presque complète des anciens.

Aux bois durs composant la futaie primitive,
et généralement privés de fruits comestibles,
succèdent des essences bientôt susceptibles de
fournir aux besoins de l'homme.

Les graines apportées par les vents et les

inondations, ou laissées par les oiseaux, les
noyaux ou les baies jetés par le nègre après
son repas, germent et croissent avec une vigueur, une surabondance qu'on peut attendre
dans une région inondée de pluie et de soleil.

En quelques années à peine, on voit apparaître de véritables vergers sauvages — si toutefois il est possible d'accoler deux termes si disparates — qui s'échevellent bientôt dans les airs
avec l'exubérance désordonnée de la forêt dis-
parue.

Là sont les beaux *manguiers* indigènes, dont
les fruits savoureux donnent, indépendamment
d'une chair exquise, des amandes que l'on con-
casse et d'où l'on tire une substance rappelant
le goût et la couleur du chocolat.

Mentionnons également, en première ligne,
le *sterculier acuminé* qui produit l'incomparable *noix de Cola* ou de *gourou*. Son goût
âpre et sucré tout à la fois imprègne fortement
les papilles de la langue et les rend momenta-
nément insensibles aux saveurs désagréables.
L'eau saumâtre paraît alors fraîche et sucrée,
propriété précieuse qui fait rechercher ce fruit
dans le Soudan où il est l'objet d'un commerce
important. On accorde en outre à la noix de
Cola des qualités toniques et fébrifuges, et

il n'est pas un voyageur qui n'en vante les
vertus.

N'oublions pas ce magnifique palmier connu
sous le nom d'*Elœis Guineensis*, dont le fruit
doré fournit l'huile de palme ; cette belle sapotée
appelée *Bassia Parkii*, qui donne le beurre de
Galam ou de Bambouc ; et cette apocynée bien-
faisante, qui, à l'encontre de ses redoutables
congénères, produit à la fois des fruits savoureux et une grande quantité de caoutchouc... et cette autre, de la même famille *(ta-
berna ventricosa)* dont les racines, prises en quantité modérée, fournissent un excitant analogue
au café, et un remède contre la dysenterie.

Citons au hasard les *jaquiers* ou arbres à
pain, venus des Indes, les *guttiers-gommiers*,
l'*okoumé* des naturels, ou bois à chandelle, un
arbre gigantesque sécrétant une résine élémi
abondante, et dans le tronc duquel on creuse
les pirogues ; des légumineuses arborescentes
portant des gousses énormes aux grains comestibles, et une innombrable quantité de figuiers
plus ou moins riches en caoutchouc.

Un mot encore, relatif à ces condiments de
haut goût que le pays produit sans culture,
entre autres, le gingembre doré d'excellente
qualité, et toutes ces plantes appartenant au

genre cardamome, dont les graines chaudes et
aromatiques, connues dans le commerce sous
les noms de malaguette, poivre de Guinée,
grains de paradis, ont été jadis très employées
dans les préparations pharmaceutiques et culinaires.

Autour de ces végétaux, dont la nomencla-
ture ainsi que la description exigerait un volume
et dont un grand nombre atteignent des proportions gigantesques, s'enroulent et se tordent des plantes grimpantes d'une incroyable
multiplicité : liserons aux mille couleurs, pas-
siflores, combrétacées légumineuses, bignonias
et jusqu'à des vignes à pampres énormes dont
le raisin, d'un assez bon goût, mais peu charnu,
serait certainement amélioré par la culture.

Joignez à ces plantes volubiles, les végétaux
épiphytes : broméliacées, orchidées, aroïdées,
aux fleurs éblouissantes, aux feuilles immenses
parfois, capricieusement accrochés aux branches et aux troncs, et pavoisant jusqu'à l'éblouis-
sement ces vergers prodigieux qui ont repris
l'apparence de forêt vierge...

... Friquet et les hommes de sa troupe s'étaient
remis en route, après s'être arrêtés à un de ces
abatis qui leur avait procuré l'ombrage et les
rafraîchissements.

14

Ils allaient quitter définitivement le bois pour pénétrer dans une vaste clairière au-dessus de laquelle le ciel formait une grande tache bleue.

Comme on n'était plus en pays ennemi, et que l'on se trouvait depuis quelque temps déjà sur les terres de Soungoya, on marchait un peu en débandade, comme des gens fatigués et énervés d'une longue route.

Les guides, au moment de déboucher dans la clairière, venaient de pousser un long cri d'allégresse, quand tout à coup, surgit, on ne sait d'où, un clan de noirs guerriers, qui d'un mouvement rapide comme la pensée, enveloppent les nouveaux venus et leur chef.

— Quésaco? demande avec l'intonation gouailleuse qui lui est habituelle, Friquet plus étonné qu'inquiet.

Loquaces comme tous les nègres qui parlent des heures entières pour ne rien dire, ils répondent en même temps à ce vocable pittoresque dont ils n'ont garde de comprendre la signification, et que le Parisien a emprunté, pendant ses pérégrinations, aux matelots méditerranéens vulgairement dénommés mokos.

— C'est ça... braillez tous en même temps... c'est bien le moyen de s'entendre.

« Surtout, à bas les pattes... vous empoi-

sonnez l'huile rance, et quoique je ne sois pas
un petit-maître, j'avoue ma préférence pour
l'ylang-ylang.

« Voyons, laptot, interprète officiel, demande
donc à ces cocos ce qu'ils prétendent.

— Ils veulent nous empêcher de passer...

— Ah... minute! Je ne suis pas venu jusqu'ici pour m'en aller bredouille...

« Explique-leur le but de notre voyage...

« ... Bon... c'est ça... tu parles leur argot
comme père et mère.

« ... Ils disent que?...

— Que nous allons être conduits au chef.

— Faut voir...

« Comment s'appelle-t-il, ce chef?

« Est-ce ton ancien copain Soungoya, ou bien
l'autre?...

« Si c'est l'autre, ça va jeter un froid; et alors,
en avant les carabines à répétition.

— Le chef est Soungoya lui-même, maître...

— A la bonne heure.

« Il est inutile de parlementer plus longtemps... qu'on nous conduise.

A ces mots, Friquet, la carabine sur l'épaule,
le casque un peu incliné sur l'oreille, la poitrine
bombée, prend la tête de la troupe, et s'avance
flanqué de cette escorte, dont la présence

montre que le prétendant sait au moins veiller
à sa propre sécurité.

Il pénètre le premier dans la clairière au milieu de laquelle s'élève un village composé de
cases fort propres et reliées entre elles par de
fortes palissades de bambou. C'est une disposition architecturale assez rare, car les noirs
africains cherchent, autant que possible, à
isoler les unes des autres leurs primitives de-
meures.

Mais ce n'est pas cela qui sollicite l'attention
du Parisien, dont les oreilles sont frappées par
des clameurs retentissantes.

— Je rêve!... Ou le diable m'emporte, j'ai la
fièvre!

« Mais non... c'est impossible.

Les clameurs deviennent plus distinctes.

— Eunne!... Deusse!... Eunne!... Deusse!...

« Attention au commandement!...

Arrivé en place découverte, Friquet s'arrête
interloqué, à l'aspect d'un phénomène probablement sans précédent en pareil lieu.

Ce phénomène est un gendarme français en
grande tenue, qui, héroïquement campé devant
une troupe de fantassins du plus bel ébène, initie
ces recrues équatoriales aux beautés de la tactique européenne.

Ils sont là une centaine, vêtus de leur pudeur, et de quelques grigris additionnés d'une feuille de vigne en cotonnade, armés à la diable de fusils de traite, d'arcs ou de sagayes, rangés en plein soleil, et évoluant, ma foi, d'une façon presque correcte, quelque extraordinaire que puisse paraître le fait.

— Eh bien! à la bonne heure, dit en aparté Friquet, cela manquait à la collection...

« Décidément, ce gendarme est incomparable.

Le guerrier aperçoit son ami, le salue majestueusement du sabre, jette sur sa troupe ce regard fascinateur particulier à l'homme de guerre et reprend la série de ses commandements...

— Halte!...

« A droite.... alignement!...

« Portez... armes!...

« Reposez... armes!...

« Rompez les rangs... arche!...

Et les noirs fantassins de se répandre de tous côtés avec cet empressement traditionnel du troupier qui entend les notes aimées de la « berloque ».

Barbanton remet gravement son sabre au fourreau, et s'avance enfin vers le Parisien, les deux mains ouvertes.

14.

— Bonjour, mon cher Friquet.

« Savez-vous que je vous attends depuis long-temps.

« Vrai de vrai, je commençais à être inquiet.

— Vous m'attendiez, mon vieux camarade ?...

« Ah çà ! vous êtes donc sorcier ?

— Pas du tout, mais je me connais en amis.

« Je savais bien que vous vous mettriez à la poursuite de votre gendarme, et que vous le rejoindriez...

« J'avais eu soin, d'ailleurs, de vous envoyer du monde.

— Quoi! ces déserteurs rencontrés il y a huit jours...

— Sont des hommes à nous, dépêchés par nous avec mission de vous conduire jusqu'ici.

— Mais, dites donc, à propos, mes compli-ments sincères.

« Vous voilà général!

« Même d'une armée de nègres, c'est toujours flatteur.

— Peuh! on fait ce qu'on peut, pour tuer le temps.

« Et puis, ce brave Soungoya a une si grosse envie d'être monarque !

— Prodigieux, ce gendarme faiseur de rois, ne peut s'empêcher de murmurer Friquet.

« Comme ça, vous allez l'installer prochaine-
ment sur son trône?

— Vous l'avez dit, ami Friquet.

« En attendant, j'exerce ses troupes qui, vous
le voyez, commencent à pivoter.

— C'est ce qui m'étonne.

« Comment diable ces moricauds en arrivent-
ils à comprendre vos commandements français?

— Ils ne les comprennent pas, et les exécutent
tout de même.

— Ah bah!

— Sans doute, à la façon dont un conscrit
breton, qui ne sait pas un mot de français,
exécute les commandements d'un instructeur
alsacien.

— Tiens! c'est vrai.

— Ici mes conscrits n'ont pas la tête par trop
dure, puisque depuis huit jours j'ai obtenu ce
résultat.

« Il est vrai que Soungoya possède un procédé
infaillible pour leur ouvrir l'entendement.

— Je vois ça d'ici, quelque méthode à la prus-
sienne.

« Claques, coups de trique et renfoncements
combinés...

— Vous n'y êtes pas.

« Il a simplement déclaré, lors de mon entrée

en fonctions, que tous ceux qui ne compren-
draient pas, auraient le cou coupé.

« C'est incroyable comme ce simple moyen a
eu d'effet.

« Mais, venez à la case...

« Des personnages comme nous ne peuvent
pas rester à dialoguer en plein air comme de
simples mortels...

« Puis, faut que je retire ma tenue...

« Ça donne du prestige, vis-à-vis des hommes,
mais c'est rudement chaud...

— Ainsi, c'est là le contenu de la cantine que
vous emportiez avec tant de soin au moment où
nous quittions la rue Lafayette?

— La seule chose que j'avais de précieuse
dans cette maison que je quittais sans retour,
répondit le vieux soldat d'un accent qui enleva,
pour un moment, à sa personne, tout ce qu'avait
de grotesque sa position de généralissime d'un
roitelet « in partibus » de la côte de Guinée,
et surtout la solennité avec laquelle il prenait
ses fonctions au sérieux.

« M. André... n'a rien dit de ma... fuite?

— Il la déplore et me charge de vous ramener.

— Revenir au yacht tant qu'il y aura à bord
ce... cette... personne... qui... que... vous m'entendez... Jamais!... Jamais!... Jamais!...

« Quand je devrais me faire Canaque et finir mes jours ici.

— Eh! là... là... ne vous emballez pas de la sorte...

« La fièvre jaune ne durera pas toujours, et m'sieu André s'empressera de diriger sur l'Europe votre irascible moitié par le premier paquebot.

« Je ne demande pas mieux, quant à moi, de la voir partir; car, vrai, c'est pas pour dire, mais depuis qu'elle a mis le pied chez nous, la « guigne » nous a poursuivis.

« M'sieu André se cassant la jambe le lendemain de votre départ...

— Hein!... vous dites... M. André... interrompit le brave homme en devenant tout pâle.

— Ça ne sera rien, a dit le chirurgien... Mais, quarante jours d'immobilité pour un homme de cette trempe, c'est bien dur...

« Sans cela, vous pensez bien qu'il serait ici.

« Mais, ce n'est pas tout : votre femme elle-même a éprouvé un désagrément...

— Ecoutez, Friquet... Vous savez combien je vous aime et combien aussi votre amitié m'est précieuse, eh bien! au nom de cette affection que rien ne peut altérer, promettez-moi, jurez-moi de ne jamais dire un seul mot

qui, de près ou de loin, évoque le souvenir de
ma femme, née Elodie Lerat, dont je veux prononcer le nom aujourd'hui pour la dernière fois.

« C'est entendu, n'est-ce pas?

— Je vous le promets...

« Mais, j'aurais voulu cependant vous dire
auparavant...

— Pas un mot... un seul...

« J'ai votre parole.

— Comme vous voudrez, après tout, répondit
Friquet.

« Advienne que pourra... le reste ne me regarde plus.

Tout en causant de la sorte, les deux amis
ont enfilé une large rue, formée de deux longues
séries de cases s'étendant à perte de vue, et sur
lesquelles de beaux arbres projettent leur ombrage.

Derrière les maisons, la clairière a été net-
toyée à fond à l'aide du feu, et les bananiers,
le manioc, les papayers, avec le maïs, le sorgho
et le millet y poussent sans culture.

Ce village contraste, avons-nous dit, par sa
bonne tenue avec la malpropreté de ceux qui
sont bâtis plus près du rivage de la mer, et
les cases, édifiées en bambou, ont tout à fait
bon air, sous leur toiture de balisier.

Friquet et Barbanton arrivent enfin devant une habitation plus grande, sinon plus luxueuse, et à la porte de laquelle se tient un factionnaire qui leur présente gaillardement les armes.

— Nous voici arrivés, dit en s'arrêtant Barbanton en saluant gravement la sentinelle.

# CHAPITRE XIV

L'unique porte donne accès aux deux amis
dans une vaste pièce occupée par deux immenses canapés en nervures de feuilles de palmier, servant à volonté de siège ou de lit.

Des escabeaux grossiers, une invraisemblable
collection d'objets européens les plus baroques
et les plus disparates, avec des coffres, beaucoup
de coffres, complètent l'ameublement.

Sur un des canapés, se prélasse, assis à la

turque, un noir vêtu d'un pantalon de matelot maintenu par des bretelles tricolores!... et d'un gilet de flanelle.

Autour de lui, se tiennent accroupis sur les coffres, des personnages peu ou point habillés, mais tous bien armés, et ayant à portée de la main une calebasse pleine de bière de sorgho ou de millet.

Il fait si chaud!

L'homme assis à la turque tend à tour de rôle, aux deux Européens, sa main droite, la seule qui soit libre, l'autre étant invariablement occupée à pétrir un des pieds sur lequel il est accroupi, et d'un geste noble les invite à se placer à ses côtés.

Puis, s'adressant à Friquet, il le salue amicalement de ces deux mots :

— Bonjou' mouché!...

— Eh! c'est ce brave Soungoya... Soungoya lui-même dans toute sa pompe, répond le Parisien.

« Enchanté de la rencontre, mon brave camarade.

— Soungoya content voir chef blanc.

« Chef blanc donner victoire à Soungoya.

— On fera tout son possible pour être agréable à Votre Majesté, mon vieux colon dépaysé,

15

bien que vous ayez lâché l'*Antilope-Bleue* avec
une absence complète de sans-gêne...

— Moi parti avec Babatô !... (1)

« Babatô grand général.

— Ça, c'est vrai ; mon gendarme est un
homme de guerre éminent et un profond théo-
ricien.

— Grand chef, mouché Adli, pas veni' ?...

— Oh ! monsieur André ne se dérange que
dans les grandes occasions, répond Friquet sans
parler au noir de l'accident qui immobilise son
ami sur le yacht.

« Barbanton, d'ailleurs, suffira bien à la
besogne, n'est-ce pas, général ?

— Parbleu !... fait l'ancien gendarme évidemment flatté de cet éloge donné à ses qualités
guerrières.

« D'autant plus que le gros de l'ouvrage est
terminé.

— Tiens ! c'est vrai...

« Je m'attendais à vous trouver en train de

(1) Une chose digne de remarque, c'est la difficulté
qu'éprouvent les noirs à l'état sauvage pour prononcer les
noms européens, et l'acharnement avec lequel ils les massacrent. Un exemple entre autres : il ne leur a jamais été
possible d'appeler les deux intrépides explorateurs de
l'Ogôoué, Marche et de Compiègne, autrement que Maléci
et Compini.

batailler, et je vous vois installés ici, aux lieu et
place du prédécesseur détrôné sans doute.

« Ce dont je félicite de tout mon cœur notre
ami Soungoya, qui de simple employé à notre
bord — je dis employé parce que c'est plus poli,
— est devenu un personnage.

Puis, en aparté :

— C'est le médaillon-fétiche volé à la conjointe
du général...

« Mais, motus... Barbanton ne veut pas qu'on
en souffle mot.

« C'est égal, il faut convenir que les hommes et
les choses ont d'étranges destinées...

« Sans parler de mon camarade ici présent, et
de sa fortune militaire, que dire de ce billet de
la Loterie des Arts et de l'Industrie servant de
talisman à un prétendant nègre, et lui donnant
la fermeté nécessaire pour accomplir son coup
d'État.

« Mais, encore une fois, motus.

— Ça s'est fait d'une façon bien simple, reprend Barbanton pendant la pose de son ami.

« Au fur et à mesure que nous remontions
dans la pirogue, après avoir quitté le yacht, les
gensses qui reconnaissaient mon compagnon
l'acclamaient...

« J'étais bien un peu pour quelque chose dans

sa popularité, car le malin compère sachant que
ma valise renfermait ma vieille tenue, avait tant
insisté qu'il me l'avait fait endosser... Tant est
grand, ici comme dans notre beau pays de
France, le prestige de l'uniforme!

« De fil en aiguille, les partisans se recrutent...
ça fait la pelote de neige...

— Pelote de neige est joli, à propos de ces
billes d'ébène...

— Manière de dire que nous triomphons par
le simple attrait de nos personnes, qu'on se joint
à nous sur la route, et que nous entrons d'emblée dans la place sans coup férir...

— Alors, tout est fini et vous n'avez plus rien
à reluquer ici.

— Au contraire, rien n'est fini, et il nous reste
beaucoup à faire...

« Car, ce n'est pas tout de vaincre, il faut profiter de la victoire.

« Nous sommes pour ainsi dire assiégés sans
en avoir l'air, et il faut s'attendre, d'un moment
à l'autre, à une attaque générale.

« C'est pour cela que j'ai fait palissader les
maisons et que j'exerce nos milices de façon à
les mettre en état de faire face à l'ennemi.

— Ça même, répondit Soungoya familiarisé
par son séjour dans notre colonie du Sénégal

avec la langue française qu'il parle avec de
grandes difficultés, mais qu'il comprend assez
bien.

— Bon... Mais après?...

— Après ?...

« Eh bien ! nous nous reposerons sur nos
lauriers, nous chasserons, nous nous promène-
rons en pirogue, et si la fièvre jaune a cessé,
nous rallierons le yacht.

« Mais, je crois notre audience terminée...

« Nous nous sommes assis sur le divan de Sa
Majesté, et cela suffit pour nous faire passer officiellement au premier rang.

« C'est une formalité importante qui nous fera
obéir de la masse du peuple.

— Alors, j'suis donc aussi quéqu'chose dans
le gouvernement ?...

— Pouvez-vous en douter, ô Friquet!...

« Mais nous sommes ici tous deux égaux pour
tout ce qui concerne le service et le bien de
l'Etat.

— Sans danger de conflit d'attributions, général, vous pouvez m'en croire.

« Je reste votre subordonné, militairement
parlant, et je me ferai un devoir d'exécuter vos
ordres avec intelligence et ponctualité, répondit
Friquet de cet air gouailleur qui lui allait si bien.

« Mais, dites donc, je voudrais bien m'en aller.

« Ça sent le bouc, ici...

— Nous allons prendre congé et nous installer dans ma case : c'est la porte à côté.

« Il y a aussi un factionnaire.

— J'espère que dorénavant il y en aura deux.

« Ne fût-ce que pour empêcher les indiscrets de tripoter mes bibelots, mes armes, mes munitions, etc...

« Eh bien! allons-y.

« Au revoir, Soungoya... Bonjour, mon vieux monarque ; à bientôt!

. . . . . . . . . . . . . . . . . . . . . . . .

Depuis trois semaines déjà Friquet habite le village indigène. On n'a aucune nouvelle de l'ennemi et pourtant, on sent vaguement sa présence dans un périmètre assez peu étendu.

Les hommes envoyés chaque jour en éclaireurs, rencontrent des rôdeurs d'allures et de physionomie plus que suspectes, et nul doute que sans la présence des deux blancs, Soungoya aurait eu maille à partir avec le personnage qu'il a si élégamment dépossédé.

Cette espèce de paix armée, cette vague défensive contre un ennemi invisible, plus énervantes cent fois qu'un état de guerre parfaitement caractérisé, ont le privilège d'agacer prodigieusement Friquet.

Aussi, comme il ne cesse de le répéter à satiété, il se fait vieux... mais vieux !...

Barbanton, toujours imperturbable, l'engage à prendre patience, et le Parisien, pour la millième fois peut-être, lui répond qu'il a plein le dos de tout cela.

Le guerrier, qui se prend de plus en plus au sérieux, se donne des attitudes à la Napoléon, conserve pendant des heures sur sa poitrine sa main passée entre les boutons de sa tunique, ou la tient à demi fermée sur ses reins, comme l'ancien bronze de la colonne.

Il regarde de haut et de loin, aiguise son regard et enveloppe d'un « coup d'œil d'aigle » ses noirs bataillons à l'exercice.

Le brave homme, qui joue au soldat presque pour tout de bon, n'a jamais été si heureux. On juge par là si les doléances de Friquet doivent avoir de la prise sur son impassibilité de conquérant en disponibilité, ou plutôt en expectative.

A part ces petits travers parfaitement innocents, il convient de dire qu'il a beaucoup fait pour la défense.

Il a appris aux noirs à ne plus charger leurs fusils avec une poignée de poudre, ce qui compromettait gravement la solidité de l'arme, la sécurité du tireur et de ses voisins, sans danger pour l'ennemi. Le plomb a remplacé comme projectile les morceaux de fonte, et le tir a énormément gagné à cette substitution.

Le général a enseigné à ses conscrits quelques évolutions sans grande utilité pratique au point de vue de la bataille, mais excellentes en ce sens qu'elles les ont disciplinés et habitués à une obéissance relative.

C'est là un point essentiel, car les noirs come battent à la diable, selon leur inspiration personnelle, et sans aucune notion de tactique. Il devient alors évident que sur deux troupes ennemies, celle-là doit être victorieuse, qui sera dans la main du chef et mettra plus d'ordre dan ses mouvements.

Si le Parisien trouve aux journées une longueur interminable, Barbanton prétend que les heures s'écoulent trop vite.

Bien loin de s'arrêter en si beau chemin, il commence à montrer à ses soldats l'école de tirailleurs, et se fait fort de les rendre invincibles en moins d'une semaine.

— Avec dix mille hommes comme ceux-là, je me charge de conquérir l'Afrique, dit-il un jour à son ami, en dardant le coup d'œil d'aigle, et en prenant l'attitude napoléonienne numéro deux, celle d'Austerlitz et de la colonne.

— C'est ça, répond Friquet agacé, suivons la vallée du Niger jusqu'à Tombouctou, soumettez à Soungoya les pays de Massina, de Gourma, de Borgou, de Sokoto, de Bornou, de Bagirmi et de Wadaï... Empoignez si vous voulez le Darfour et le Kordofan... donnez un croc-en-jambe au Négous d'Abyssinie, et revenez par la vallée du Nil faire payer la goutte au khédive, ça sera peut-être drôle...

« Mais, ne me faites pas moisir ici...

— Je ne demande pas mieux, ami Friquet, mais attendez que j'aie mes dix mille hommes!

Le Parisien ne pouvant rien trouver après une réponse aussi prodigieuse, prit le parti de cesser ses récriminations et d'attendre les événements.

Il a eu un moment la pensée féroce d'abandonner à ses rêves de gloire et d'ambition ce futur Alexandre du Soudan et de regagner prosaïquement le yacht.

Mais les hommes envoyés en éclaireurs ont rapporté que la rivière est toujours étroitement bloquée.

Friquet s'est résigné et s'est mis à apprendre la langue mandingue pour tuer le temps.

15.

Il a pourtant quelques bons moments, et il ne peut entre autres évoquer, sans qu'un fou rire l'empoigne après coup, le souvenir d'un incident inénarrable.

Barbanton voulant assimiler autant que possible sa milice aux armées européennes, a conféré des grades.

Le laptot est passé d'emblée capitaine au choix, et les plus intelligents parmi les troupiers équinoxiaux ont été créés sergents et caporaux...

Sergents et caporaux, c'est très bien. Mais ces guerriers d'ordre supérieur se distinguent ordinairement de leurs subalternes par des insignes attachés à l'habit.

Et, quand on n'a pas d'habit...

Quand on n'a pas d'habit, on s'en passe. On fait tatouer sur ses avant-bras les galons rouges ou la sardine blanche et l'on est caporal ou sergent pour la vie, sans qu'on puisse être dégradé.

Ce qui fait rire Friquet jusqu'à se déralinguer la rate, mais procure à Barbanton quelques heures de douce joie.

C'est le laptot qui a dessiné sur chair les costumes, et rien que pour l'idée, on voit poindre pour lui, dans un horizon assez rapproché, la perspective de l'épaulette à grains d'épinards du chef de bataillon.

Cet emblème de l'officier supérieur sera-t-il dans l'épaisseur de l'épiderme, ou figurera-t-il sur l'habit?

Entre temps, Friquet s'est renseigné sur les destinées du médaillon de madame Barbanton.

Mais l'affaire a été dure. Il a fallu déployer des prodiges de diplomatie et faire rendre les armes à Soungoya avec une formidable dose d'alougou.

Le monarque est bien réellement détenteur de l'objet qu'il a dérobé à la voyageuse avec cette absence complète de sens moral qui caractérise la convoitise du nègre.

Il le regarde d'ailleurs comme le fétiche tout-puissant grâce auquel l'épouse du gendarme a échappé aux mortelles étreintes du gorille, grâce auquel aussi, lui, Soungoya, est arrivé à détrôner son prédécesseur.

Il finit par avouer la chose au Parisien pendant une interminable série de hoquets, mais refuse, bien qu'ivre-mort, de laisser toucher, ni même voir le fétiche qu'il porte au cou, enveloppé dans un appareil de cuir.

Un seul regard lui enlèverait toute sa vertu.

Friquet eût pourtant bien voulu l'avoir entre les mains, ne fût-ce qu'un moment, afin d'en retirer le billet de loterie qui représente une valeur considérable. Quoiqu'il n'ait pas lieu d'être enthousiasmé des procédés de madame Barbanton à son égard, le jeune homme considère comme un devoir de favoriser de toutes ses forces la restitution de ce papier.

Il prend en conséquence la résolution de surveiller étroitement le possesseur du fétiche, et de mettre à profit la première occasion pour s'emparer du contenu, tout en laissant le contenant en sa possession.

Cette occasion ne devait pas tarder à se présenter.

Soungoya, encore intoxiqué par les doses combinées de bière et d'alougou versées par Friquet avec une surabondance traîtresse, cuvait lourdement son alcool.

Le Parisien ayant dû lui tenir tête à chaque rasade, pour ne pas exciter sa défiance, avait fait consciencieusement absorber le liquide au col de sa chemise. Il s'était empressé, aussitôt l'absorption terminée, de sortir de son bain alcoolique, et venait de changer de costume, quand des clameurs furieuses éclatent de tous côtés...

Les sentinelles avancées se replient en criant : Aux armes !...

Le village s'éveille et s'emplit soudain de bruit et de mouvement.

Les noirs miliciens se rendent à leur poste de combat sans trop de confusion, et Barbanton, harnaché de pied en cap, apparaît majestueux, sublime, dominant de toute la hauteur de sa taille les groupes de guerriers indigènes.

Comme les mesures ont été parfaitement prises en prévision d'une attaque, et que chacun sait ce qu'il doit faire, la défense est organisée en un clin d'œil.

Friquet s'arme à la hâte d'une carabine Winchester à répétition, bien préférable comme arme de guerre à ses énormes engins de chasse, et se met à la tête d'une troupe d'élite qui doit défendre, avec la case royale, la personne du monarque présentement hors de combat.

Bientôt, les cris retentissent de plus belle. Les combattants s'interpellent comme les héros d'Homère, la fusillade pétille de tous côtés, le tumulte grandit, la lutte se généralise. C'est bien la grande attaque si longtemps et si vainement attendue.

C'est alors que se manifeste dans tout son éclat le génie du guerrier qui, depuis près d'un mois, est l'âme de la défense.

Il est facile de voir, dès le début, que l'assail-

lant, au moins quatre fois plus nombreux, eût
emporté la position sans coup férir, sans les
dispositions prises par l'ancien gendarme.

Mais son premier élan vient se briser contre
les palissades en bambou, derrière lesquelles
les défenseurs, abrités par des gabions, tiraillent
sans danger, et non sans succès.

Pendant ce temps, Friquet, dont le rôle est
encore purement expectatif, a tiré de sa phar-
macie de voyage un flacon d'alcali, et a versé
dans une calebasse à demi pleine d'eau, une
quantité de la liqueur ammoniacale proportionnée à l'ivresse du monarque.

Puis il lui a fait avaler le breuvage d'un trait.

Soungoya, secoué de la tignasse aux orteils,
comme s'il avait avalé une infusion de verre
pilé dans du plomb fondu, se dresse, se secoue,
cabriole, s'étire, frotte ses yeux, éternue, et
finalement reprend possession de lui-même.

En deux mots, il est au courant de la situation, comprend que le moment critique est venu,
et se prépare, non sans crânerie, à jouer sa
partie dans le drame qui l'intéresse plus que
personne.

Au dehors la fusillade semble se ralentir
depuis un moment. La défense mollirait-elle?
Par contre, les cris et les coups de feu de

l'assaillant redoublent d'intensité. En outre, on n'entend plus les commandements sonores proférés par l'organe stentoréen du général en chef... Qu'est-ce que cela signifie?

Une catastrophe a-t-elle instantanément modifié la face des choses, et remplacé par un désastre le succès des premiers moments?

Les hasards de la guerre sont si changeants!

Bientôt la palissade, mollement défendue, est rompue de toutes parts, et livre passage à une légion de noirs furieux qui se ruent dans l'enceinte avec des contorsions et des cris démoniaques.

Les tirailleurs de Soungoya se replient en bon ordre, sans se laisser entamer, et rallient le palais, que Friquet appelle fort irrévérencieusement la case du gouvernement.

Le nombre des assaillants augmente dans des proportions énormes.

Le « palais », plein de défenseurs, est crénelé en un moment. Ce qui n'est pas difficile, puisque les murailles étant faites de bambou tressé, il suffit de pratiquer à coups de couteau les ouvertures nécessaires au passage des canons de fusil.

C'est Friquet qui commande.

Soungoya, un peu ému, pâlit à la façon des

noirs et devient gris de cendre. Le Parisien l'encourage en quelques mots bien sentis.

— Allons, défends ta peau, mon vieux monarque...

« S'agit pas de caner et de faire le clampin...

« Faut cogner ferme... sinon tu es fichu, ta monarchie tombe en pagaïe et ta dynastie est flambée.

La cohue noire, affolée, furibonde, se rue au dehors en épais tourbillons. Les tirailleurs massés autour du palais ne peuvent plus recharger leurs armes. Un terrible combat corps à corps s'engage, quand un coup de sifflet aigu retentit dans l'intérieur du bâtiment.

Les tirailleurs obéissent à ce signal bien connu, et se couchent à plat ventre. En même temps, les frêles murailles semblent s'embraser tout d'un coup. Une centaine de détonations éclatent simultanément, et un ouragan de plomb s'abat sur la ligne ennemie.

Des corps noirs, foudroyés en plein élan, roulent sur le sol que maculent de tous côtés de hideuses taches rouges. Les blessés se tordent et poussent des clameurs affreuses, mais plus acharnés peut-être encore que les hommes valides, ils s'accrochent à tous ceux qui passent à leur portée, les mordent, les font trébucher et tâchent de les éventrer.

Les assaillants, un moment démoralisés par cette terrible riposte, reviennent à la charge, conduits par leur chef, le monarque dépossédé, un grand gaillard vêtu d'un costume de général anglais, et la face barbouillée de blanc et de rouge, ce qui lui donne une singulière figure de nègre déguisé en blanc.

Un rude homme, dans tous les cas, et qui, insouciant du danger, se bat comme un enragé, encourage les siens de la voix et du geste, prêche d'exemple, et les ramène à la charge avec une furie assez rare chez les noirs abâtardis de la côte.

Il est vrai que les rives de l'Océan sont éloignées déjà de plus de cinq cents kilomètres.

Les défenseurs du palais se multiplient et continuent le feu sans discontinuer, mais ils ont fort à faire pour repousser les groupes toujours plus épais, toujours plus acharnés.

— Ah çà! s'écrie Friquet, il y en a donc toujours!

« Ces bonshommes-là se battent en vrais lurons, et ça m'embête, moi, de les fusiller comme des lapins.

« Je n'aime pas tuer... je ne suis pas un con-

quérant, et s'il ne s'agissait pas de défendre
notre peau, je me croiserais noblement les
pouces.

« Que le diable emporte ce gendarme, avec sa
fuite, son moricaud, sa monarchie, sa milice et
toute la satanée boutique!

« Ah! mais, halte-là!...

« Les affaires se gâtent... et je n'ai pas envie
d'avoir le col coupé...

« Ma foi, tant pis... Aux grands maux les
grands remèdes.

Et saisissant ses armes de gros calibre placées
comme réserve à portée de sa main, il les décharge coup sur coup au milieu d'un groupe qui
force littéralement la porte.

Enveloppés d'un nuage de poudre, assourdis
par ces véritables coups d'obusiers, massacrés
à bout portant par ces énormes projectiles qui
abattent des files entières, ils reculent en dé-
sordre...

Le chef veut encore les ramener, mais un
dernier incident porte à son comble leur désarroi.

Derrière eux retentit de nouveau l'organe
formidable du général en chef...

Barbanton qui, avec ses tirailleurs d'élite, a
exécuté un brillant mouvement tournant, arrive
au pas gymnastique.

— ... Feu!...

Les pauvres diables, pris entre deux feux, sentent que toute résistance est impossible. Ils jettent leurs armes et veulent s'enfuir.

Mais les mesures du général sont si bien prises, qu'ils trouvent de tous côtés des fusils braqués sur eux.

Barbanton remet alors son sabre au fourreau, prend son revolver de la main gauche, s'en va droit au chef pétrifié par cette apparition soudaine, lui met en vrai gendarme la main au collet, et lui dit :

— Vous êtes mon prisonnier.

« Et vous, soldats... Bas les armes!...

« Rendez-vous, ou je ne réponds plus de rien.

# CHAPITRE XV

Le mouvement tournant exécuté par Barbanton a décidé du succès de la journée. Soungoya triomphe sur toute la ligne, et sa victoire est d'autant plus complète, que son ennemi est prisonnier.

Prisonnier de la main du général en chef.

On ignore quel est le chiffre des morts, mais on ne semble pas s'en préoccuper le moins du monde.

Toute l'attention des vainqueurs est concentrée sur les captifs. Ils sont au moins cinq cents, blessés en grand nombre, désarmés, entravés par des liens solides, et jetés pêle-mêle en plein soleil comme un vil bétail.

Friquet et l'ancien gendarme se demandent, non sans une angoisse poignante, ce qu'on va faire de tout ce monde.

Pour le moment, les vainqueurs, altérés par la lutte, engloutissent la bière en quantités invraisemblables.

Soungoya, depuis que la victoire vient de le faire souverain incontesté, semble prendre à tâche de démentir le proverbe — aussi faux d'ailleurs que la plupart : — La reconnaissance est une vertu noire.

C'est à peine s'il semble faire attention aux deux Européens qui lui ont donné un si joli coup d'épaule.

— Tiens!... tiens!... grogne Friquet, voyez-vous comme ce coco-là nous lâche de plusieurs crans et se rengorge sans nous offrir un mot de remerciement, sans même jeter un regard sur nos personnes!

— Le fait est, répond Barbanton tout désorienté, qu'il manque un peu d'empressement.

— C'est assez crasseux de sa part...

« Je ne demande pas qu'il nous fasse ducs de quelque chose, mais, enfin, il pourrait bien nous adresser une simple parole de gratitude.

« Ces sales moricauds sont bien tous pareils !

— Eh ! bon Dieu, que va-t-il donc se passer ?

— J'en ai froid dans le dos...

Soungoya vient de donner un ordre qui a littéralement révolutionné tout son monde. Les buveurs les plus acharnés ont eux-mêmes fait trêve.

Tous se sont élancés vers les prisonniers, les ont traînés jusqu'aux palissades, et les ont attachés debout, à chacun un pieu. Les malheureux, bien que traités avec la dernière brutalité, semblent mettre tout leur orgueil à ne pas proférer une plainte.

Cette sinistre besogne terminée avec une rapidité qui tient du prodige, Soungoya se lève et annonce que chaque captif sera d'abord battu de verges par les femmes et les enfants.

Cette déclaration, évidemment attendue, est accueillie par des clameurs furieuses. Puis, aussitôt, une repoussante armée de mégères et de petits monstres aux gros ventres, aux membres grêles, se rue hors des cases en vociférant et en agitant des rotins.

Un ouragan de coups s'abat soudain sur les pauvres diables qui se tordent en grinçant des dents et finissent par pousser des rugissements de bêtes écorchées vives.

L'énergie humaine a des limites.

Pendant ce temps, les vainqueurs, qui applaudissent avec de hideux ricanements, donnent avec affectation le fil à leurs mauvais sabres.

Friquet et Barbanton craignent de comprendre...

Cependant, les rotins rougis retombent plus mollement sur les épidermes rompus. Les tortionnaires sont las.

Soungoya fait un signe, et ils s'arrêtent essoufflés.

Les calebasses de bière circulent à la ronde, et tous, grands et petits, mâles et femelles, avalent avec leur gloutonnerie d'animaux la liqueur fermentée.

Après cet intermède, les guerriers valides, c'est-à-dire ceux auxquels leurs blessures ou leur ivresse permettent de se tenir debout, s'approchent, le sabre levé, des palissades où se tordent les prisonniers sanglants et mutilés déjà.

Les deux amis ont compris. Le monstre au triomphe duquel ils ont aidé, va ordonner une exécution en masse.

C'en est trop pour eux !

Ils s'élancent vers le misérable et l'adjurent de ne pas souiller sa victoire par un acte de férocité aussi inqualifiable.

— Voyons, s'écrie Barbanton, tu as habité parmi les blancs... tu sais bien qu'ils respectent l'ennemi vaincu...

« Tuer un prisonnier, c'est infâme, et toi qui veux gouverner ici à la façon des blancs, tu dois prendre leurs coutumes.

« Je t'ai accompagné comme un ami... j'ai instruit tes hommes... j'ai été pour quelque chose dans ta victoire, eh bien ! accorde-moi la vie de ces malheureux.

— Mon ami a raison, interrompt gravement Friquet...

« Tu ne dois pas tuer ces hommes...

« Si tu le fais, nous te quittons aujourd'hui même, et nous appelons sur toi et les tiens toutes les malédictions...

— Eh ! que voulez-vous donc que j'en fasse ? riposte le coquin dans son langage petit nègre panaché de mots indigènes.

« Je ne peux pas les nourrir, puisque je n'ai pas de vivres.

« Je ne peux pas leur donner la liberté, car ils m'attaqueraient de nouveau dès demain.

Soungoya est vêtu d'un costume de général anglais. (Page 281.)

« Je ne peux pas les vendre comme esclaves, puisque les blancs n'en veulent plus et pendent ceux qui les achètent.

« Il n'y a qu'un seul moyen d'en finir avec eux, c'est de les tuer.

« Ils en feraient autant à ma place. C'est l'habitude...

« Quant à celui-là, dit-il en désignant le chef, il mourra le premier.

« Il faut toujours tuer celui qu'on remplace.

« Il n'y a que les morts qui ne reviennent pas.

« Et vous, blancs, si vous tenez à rester mes amis, laissez-moi faire comme il me plaît et respectez nos coutumes.

« Le seul maître, ici, c'est moi.

A ces mots, le misérable lève son sabre sur le monarque déchu et lui abat la tête d'un seul coup !

Cette atroce péroraison est comme un signal. Chaque prisonnier a derrière lui un bourreau. Au moment où roule la tête du chef, cinq cents lames s'abattent avec un hideux bruit de couperet...

Mais ces bourreaux amateurs n'ont pas tous la dextérité de leur maître. Les lames rebondissent sur les muscles, crient et s'ébrèchent sur les vertèbres, et de nouveaux coups frappés avec une furie qui en compromet la rectitude, retombent avec le même bruit sinistre.

Des hurlements qui n'ont plus rien d'humain, des râles épouvantables s'échappent de ces gorges béantes, hachées, tailladées...

De longs jets de sang poussés par les derniers spasmes du cœur, jaillissent des artères carotides ouvertes, s'épandent en ombelles de pourpre, et ruissellent en pluie rouge sur les bourreaux.

Les palissades, les treillis de bambou, le sol, tout est rouge. On clapote dans un bourbier de sang.

Les deux Européens indignés, écœurés, épouvantés, détournent la tête et rentrent dans leur case. Ils ne voient pas l'éventrement qui succède au massacre, les entrailles arrachées, les cœurs enlevés palpitants des poitrines et dévorés par les vainqueurs ivres d'alcool et de sang!...

Ne voulant pas demeurer plus longtemps avec ces bêtes fauves, ils opèrent incontinent leurs préparatifs de départ.

Barbanton, désespéré d'avoir été l'auxiliaire de pareilles brutes, maudit sa fugue, et déclare qu'il est prêt à rallier Sierra-Leone, quitte à se trouver au milieu du foyer d'infection de fièvre jaune.

Le pauvre homme n'a plus envie de jouer au guerrier. Ces torrents de sang ont noyé son enthousiasme, ces hideuses représailles ont à jamais étouffé ses velléités de conquérant, et la vue de l'envers de la gloire lui a fait prendre en haine les panaches.

Il enlève prestement son harnais guerrier, l'insère soigneusement dans sa cantine, introduit son sabre dans son étui de serge verte, pousse un profond soupir, et en sa qualité de chef suprême, s'offre à lui-même sa propre démission.

Le fidèle laptot, inquiet de ne plus voir ses maîtres, vient les rejoindre et les trouve occupés à mettre leurs bagages en ordre.

Le brave garçon, à peu près européanisé au contact des blancs du Sénégal, partage l'horreur qu'ils ressentent pour cette boucherie monstrueuse, et la scène de cannibalisme qui la suit, au grand scandale de ses anciens subordonnés qui s'étonnent et murmurent de le voir faire la petite bouche.

Il lui a été impossible de ramener les autres serviteurs qui sont absolument ivres-morts.

C'est là un contre-temps fâcheux. Car ils sont indispensables pour porter les vivres et les armes, ou pour opérer la manœuvre des pagayes, si les deux amis prennent, pour revenir à la cô-

Ionie anglaise, la voie rapide et beaucoup plus courte que leur offre la rivière.

Le Parisien et son compagnon se résignent donc à attendre.

La nuit vient. Ils dînent à la diable d'un peu de riz, d'une igname et d'une banane cuites sous la cendre. Puis, ils s'endorment d'un sommeil lourd, peuplé de cauchemars.

Craignant que la façon dont ils se sont dérobés à l'épilogue de la victoire ne leur suscite quelques ennuis, et, qui sait! ne les mette peut-être en péril, ils ont conservé leur arsenal à portée, en prévision d'une catastrophe.

Mais, non. Leurs appréhensions sont vaines; et quand le lendemain matin, l'astre radieux vint secouer sa chevelure flamboyante sur le village, à peine si l'on eût pu soupçonner l'effroyable scène de la veille.

Les cadavres ont disparu et le fief de Soungoya aurait presque repris sa physionomie habituelle, n'eussent été les palissades brisées, les cases culbutées, les arbres écorchés par les balles et laissant pleurer leur sève, et de larges taches rouges, avivées encore par les rayons pourprés du soleil levant.

Soungoya, dégrisé, mais un peu chiffonné comme un homme qui a commis quelques excès, s'en vient simplement, en voisin, et en monarque bon enfant, frapper à la porte des deux Français.

Il est vêtu du costume de général anglais que portait hier son ennemi vaincu !

Barbanton allait l'accueillir par un exorde « ab irato » et lui reprocher en termes bien sentis ses infamies de la veille. Mais, Friquet, plus prudent, sachant d'autre part que les récriminations seraient superflues, coupe court aux velléités oratoires de son ami.

Il a raison. Toute protestation serait d'abord inutile, et ensuite il y aurait de la témérité, pour deux hommes complètement isolés au milieut de cette horde sauvage, à s'insurger contre leurs coutumes, quelque monstrueuses qu'elles soient.

Le meiux est de se taire, de plier bagage et de s'en aller.

Soungoya, étonné à la vue des préparatifs opérés déjà, est loin de soupçonner, dans sa naïveté anthropophagique, la cause de ce départ précipité.

Ses chers blancs sont donc mécontents de lui.... Bien sûr il y a un malentendu. Peut-être a-t-il un peu élevé la voix, hier, quand ses bons blancs lui demandaient la vie des prisonniers... c'est qu'il était légèrement surexcité par la bataille, la bière et l'alougou...

16.

Mais, quant à leur en vouloir de leur absten-
tion, allons donc!... Toutes les volontés sont
libres... Est-ce que les coutumes des blancs ne
diffèrent pas autant de celles des noirs que la
couleur de leur peau?

Après tout, c'est la guerre... Que pourrait-on
lui reprocher, en somme?

D'avoir pris à son ennemi son bel habit rouge.
Ça, c'est vrai et il s'en vante!...

Est-ce que les blancs ne prennent pas aussi
à leurs ennemis vaincus, sinon leurs habits
rouges, du moins leurs canons, leurs fusils,
leurs drapeaux et même leur territoire, après
avoir affamé et incendié leurs villes?

Il a fait couper le cou à ses prisonniers... Eh
bien, après?

Est-ce que les blancs ne tuent pas aussi leurs
prisonniers? Ils ne leur coupent pas le cou, mais
ils les fusillent... Les soldats de marine l'ont
raconté devant lui, à Saint-Louis...

— C'est faux! s'écrie Barbanton.

« Si, pourtant... dans les émeutes ou les
guerres civiles.

— Tu vois bien, reprend le nègre.

— Mais, ce n'est pas la même chose... Les
guerres civiles sont entre gens du même pays...

— Est-ce que tous les blancs ne sont pas du

pays des blancs, comme les noirs du pays des
noirs... Pourquoi, alors, fusiller les uns et
mettre les autres en liberté?

« Mais ce qui est fait est fait, et ce n'est pas
pour parler de cela que me voici.

« Maintenant que je suis libre de tout souci,
que je suis le maître tout seul, et qu'il n'y a plus
rien à craindre de mes ennemis, nous allons bien
nous amuser!

— Merci, répond Friquet d'un ton froid; mais
notre congé est expiré et nous devons rejoindre
notre chef et notre navire.

— Plus tard... aujourd'hui, il faut nous amuser.

— Il n'y a pas d'amusement qui tienne... il faut
partir.

— Non... Plus tard... aujourd'hui, il faut nous
amuser.

— Ah çà! est-ce que tu vas nous « raser »
longtemps comme ça? riposte Friquet impatienté... tu es monotone comme le cri du coucou.

« ... Nous amuser à quoi?

— A chasser, parbleu!

— Chasser qui?... quoi?...

— L'éléphant!...

— Et pourquoi l'éléphant?

— Parce que tu es un grand chasseur, que tu

as de gros fusils qui tuent les plus grands animaux et que...

— Et que?...

— Il n'y a plus de provisions ici.

« Demain on aura faim, et un éléphant fera vivre mon monde pendant quelques jours.

— Eh! fallait donc le dire tout de suite, ô monarque astucieux!

« Tu veux me faire approvisionner ton garde-manger, rien de mieux.

« J'y consens; mais, après, serons-nous libres de rentrer chez nous?

— Oui.

— Tu nous donneras une pirogue avec des pagayeurs qui nous conduiront jusqu'à Free-Town...

— Oui, quand l'éléphant sera mort.

— Et quand faut-il le tuer?

— Demain.

— Demain, c'est bientôt dit.

« Tu as donc sous la main un échantillon de ce gibier... ce qu'on pourrait appeler un éléphant de commande.

— Oui, je te conduirai avec Babatô général.

— Eh bien! soit... Voilà qui est convenu. Je tâcherai de te procurer ta montagne de chair.

... On prit tout juste le temps de s'équiper, puis on partit en troupe nombreuse pour la forêt, où, d'après la déclaration formelle du monarque, le gibier se trouvait remisé.

Les instants étaient précieux et la famine devait éclater à courte échéance, au cas où les chasseurs feraient buisson creux, car les provisions avaient été complètement épuisées pendant la longue période qui précéda la bataille de la veille.

Friquet, bien loin de partager la confiance de Soungoya, s'efforçait, au contraire, de lui démontrer la possibilité de la bredouille.

Non pas que le brave Parisien appréhendât le moins du monde la rencontre du géant des forêts de l'Afrique équinoxiale. Friquet, nous le savons, est inaccessible à la crainte, il l'a surabondamment prouvé. Mais il s'aperçoit que le monarque noir compte presque exclusivement sur les propriétés de son talisman pour rencontrer le pachyderme.

Ce qui, au point de vue de la chasse, est un élément au moins discutable de réussite.

Quant à Barbanton, il laisse faire, il laisse dire, se désintéresse de la chose, et marche d'un air absolument indifférent.

L'ancien général en chef est-il toujours hanté

par ses rêves de gloire?... Méditerait-il son plan
de campagne dans le Soudan?

En est-il à déplorer l'incident écœurant qui a
prématurément brisé sa carrière?... C'est ce que
nul ne saurait expliquer.

Et d'ailleurs, il n'est pas chasseur; semblable
en cela aux grands hommes de guerre qui ont
tous dédaigné ce divertissement trop facile.

Est-ce que Turenne, Condé, Gustave-Adol-
phe, Charles XII étaient chasseurs... Et le
grand Frédéric!... et Napoléon!...

Chasseurs d'hommes... oui, et de terribles, qui
traquaient en grand le gibier, le massacraient de
même, et criaient : Hallali!... à des armées.

Allez donc parler à ces capitaines de la stra-
tégie que nécessite la poursuite ou la capture
d'un animal, alors que derrière leur masque impénétrable bouillonne et s'agite la pensée qui
sera le salut ou le désastre des nations!

Telle est sans doute l'idée qui s'attache au cerveau du gendarme comme une flèche barbelée,
car il reste plongé dans ses méditations, et che-
mine dans l'attitude numéro un, celle qui consiste à conserver la main sur la poitrine, entre
les boutons de l'habit entre-bâillé...

... On a depuis longtemps déjà gagné la région
des grands bois et selon les prévisions de Fri-

quet, on n'a pas encore aperçu la moindre piste
d'éléphant, ni récente ni ancienne.

L'assurance de Soungoya n'en est pas moins
imperturbable, tant est profonde sa confiance
au médaillon volé devenu son fétiche.

Il le presse de temps en temps de la main dans
son enveloppe de cuir, comme s'il voulait en
extraire tout le fluide, ou réveiller par des con-
tacts réitérés ses vertus peut-être endormies.

Friquet lui lance quelques regards de travers,
et murmure en aparté :

— Comment, il ne tombera pas sur la nuque
à cet animal-là un tronc d'arbre, ou simplement
une bûche qui le mette hors de combat !

« Comme j'aurais tôt fait de profiter du coup
de temps, d'ouvrir le médaillon, d'en extraire le
papier de madame Barbanton, quitte à laisser
l'enveloppe à ce coquin, au cas où il n'aurait pas
l'échine tout à fait rompue.

« Laisse un peu, je t'en ficherai, moi, des éléphants à manger, quand la terre me grille la
plante des pieds, tant je voudrais être près de
m'sieu André, et cela, au prix de tous les empires
du monde, y compris le tien si bêtement restauré
par mon nigaud de gendarme !

Bientôt le soleil disparut. On campa en plein
bois après avoir allumé des feux pour éviter les

familiarités des lions qui rugirent toute la nuit,
et se présentèrent près des brasiers avec une
surabondance justifiant pleinement le nom du
pays : Sierra-Leone, la *Montagne aux Lions*.

On entendit aussi gronder les léopards, mugir
les gorilles, glapir les hyènes et bramer les antilopes, mais on ne put rien percevoir qui, de près
ou de loin, rappelât le barrit de l'éléphant, ce
cri qui ne peut se confondre avec aucune autre
clameur de fauve, et dont l'on n'oublie jamais
la métallique tonalité.

L'inaltérable confiance de Soungoya ne fut
nullement ébranlée.

Il dormit comme un bienheureux, la main
crispée sur son fétiche, et déclara, au moment
où la troupe se mettait de nouveau en route,
que la journée ne s'écoulerait pas sans que l'é-
léphant ne fût mort.

Il promit même à ses chers blancs un ragoût
de sa façon et tel que leurs cuisiniers européens
ne sauraient jamais en accommoder de pareil.

Friquet se contente de hausser les épaules en
sifflant la joyeuse fanfare du réveil en campagne,
puis il passe en bandoulière sa grosse carabine,
et reprend, avec Barbanton, sa place à l'extrême arrière-garde de la troupe.

Soungoya tient tout naturellement la tête, en

sa qualité de limier à deux jambes ; ses familiers
viennent ensuite en file indienne, puis le vulgaire profane, et enfin les deux amis.

Cette disposition a été prise à cause du bruit
causé par la marche des Européens, qui, lourdement chaussés, pourraient, malgré leurs précautions, donner l'éveil aux sauvages habitants
de la forêt.

Quant aux noirs qui les précèdent, le glis-
sement du reptile n'est pas plus silencieux
que leur course nu-pieds à travers tous les
obstacles, racines, roches, épines ou fondrières.

Friquet a fini sa fanfare. Il a glissé dans le tonnerre de sa carabine Greener, sans chiens, deux
cartouches métalliques à balle pleine, a replacé
l'arme en bandoulière, et s'est mis en marche
après avoir coupé un long bâton sur lequel il
s'appuie.

Barbanton médite et alterne ses attitudes
napoléoniennes, tout en développant le long
compas de ses jambes.

La forêt est silencieuse et c'est à peine si de
temps à autre un gazouillement d'oiseau se fait
entendre, là-haut, sur l'impénétrable dôme de
verdure...

Tout à coup, une clameur effroyable éclate
17

au bas des piliers végétaux qui soutiennent
cette voûte, et se répercute au loin.

La colonne oscille brusquement de la tête
à la queue, puis se rompt brusquement.

Friquet retire froidement son arme, se met
sur la défensive, pendant que Barbanton, subitement arraché à ses méditations, imite son
ami et oppose tout à la fois à l'inconnu un
front serein et une carabine armée.

Avec un ensemble qui prouve l'excellence
des leçons données par le général, les hommes
formant l'avant-garde arrivent en courant. Bien
qu'ils semblent en proie à une folle épouvante,
ils opèrent leur retraite en bon ordre, ce qui
déride tout à fait leur ancien chef.

Au cri de halte! poussé par cette voix éclatante dont ils connaissent si bien le timbre
héroïque, ils s'arrêtent comme à l'exercice...

— Eh bien! voyons, qu'est-ce qui vous prend?
demande Friquet en articulant bout à bout,
toutes les syllabes mandingues qu'il possède
en réserve dans son glossaire cosmopolite.

— Ah! maître... Soungoya!...

— Tiens!... c'est vrai... où donc est-il passé,
ce cher monarque? Je ne le vois pas.

« Est-ce que son grigri lui aurait joué un
mauvais tour?

« Allons... parlez...

— Soungoya!...

« Pauvre Soungoya!...

« Un si grand chef!...

« Ah! malheur...

— Silence dans les rangs ! mugit Barbanton.
Tout se tait comme par enchantement.

— Parlez, le numéro un, et dites-nous ce qui
cause cette panique.

« Surtout, pas d'embardées, pas de discours.

« Répondez comme si vous direriez :
« Eunne!... Deusse!... »

« Rien de plus, rien de moins.

« Où est votre chef, Soungoya ?...

— Emporté!...

— Par qui ?

— Serpent...

— Tant pis pour lui.

— Oh! mais, minute, s'écrie Friquet, je ne
veux pas de ça...

« Un serpent c'est goulu comme tout ; y en a
dans ce pays-ci qui sont gros comme des
arbres...

« Il ne va faire qu'une bouchée de Soungoya,
puisqu'il a la force de l'emporter.

« Je ne veux pas qu'il le mange, moi...

« Et le grigri!...

# CHAPITRE XVI

On sait que les plus grandes espèces de serpents des deux mondes ne sont pas venimeuses: par exemple, les boas, les couleuvres, les anacondas et les pythons.

Cependant, quoique ces ophidiens géants soient privés, par l'absence de crochets venimeux, d'un agent terrible d'attaque et de défense, il ne faudrait pas les regarder comme inoffensifs.

Bien loin de là, car la prodigieuse force
musculaire qu'ils possèdent quand ils ont acquis
un développement considérable, les rend extrè-
mement redoutables, même aux mammifères
de grande taille.

Quelques exemples, puisés à des sources
parfaitement authentiques, indiqueront suffisamment ce dont sont capables ces monstres,
plus communs qu'on ne serait tenté de le croire,
mais qui, fort heureusement, ne quittent guère
les impénétrables forêts équatoriales, ou les
terrains marécageux presque inaccessibles à
l'homme.

Il n'est pas besoin pour cela de recourir
aux légendes surannées, ni d'emprunter des
documents à certains auteurs plus fantai-
sistes que véridiques, et qui, dans leurs des-
criptions, ne regardent guère à quelques pieds,
ou même à plusieurs mètres près.

Mais, il ne faudrait pas, d'autre part, que
les dimensions attribuées par des voyageurs
absolument dignes de foi à certains types
d'ophidiens, parussent fantastiques en dépit de
leur chiffre, ou évoquassent, dans l'esprit du
lecteur, le souvenir déjà lointain, mais toujours topique, du grand serpent de mer d'hy-
perbolique mémoire.

On ne doit pas oublier que les grandes soli-
tudes équatoriales abritent volontiers l'horrible
et le monstrueux.

En 1866, le capitaine anglais Cambden a tué,
entre autres, près de Sierra-Leone, un python
mesurant vingt-huit pieds anglais (neuf mètres
huit centimètres) sur quarante centimètres de
diamètre au niveau de l'estomac. Il fallait six
hommes pour le transporter.

Le capitaine a pu le préparer et le rap-
porter en Angleterre, où un naturaliste l'a
merveilleusement restauré. Il figure dans la
collection de Mr. H... N... Itilmarton-Road, 4,
à Londres.

Le commandant Frédéric Bouyer rapporte,
de son côté, le cas du brigadier de gendarmerie de Macouria (Guyane française), qui fut
attaqué et estropié pour la vie par une couleuvre géante qu'il réussit pourtant à tuer.

Elle mesurait près de douze mètres !

L'homme vivait encore en 1880. Il était gar-
dien du phare de l'Ilet-la-Mère.

M. Émile Carrey, l'attrayant historien du
fleuve des Amazones, un voyageur intrépide,
qui fut élu en 1876 député de Rambouillet, a
vu un *sicurijù*, serpent d'eau de l'Amazone,
appelé aussi *anaconda*, qui atteignait trente-huit

pieds de long — douze mètres seize centimètres
— sur soixante centimètres de diamètre.

C'est un des plus gros dont il soit fait men-
tion. Sept hommes pouvaient à peine le remuer.

Le voyageur français Adanson, qui, joignant
au calme du savant l'audace de l'aventurier,
parcourut pendant cinq ans le Sénégal, vit
des pythons effroyables, mesurant jusqu'à quarante et cinquante pieds — treize et seize mètres de long — sur deux pieds à deux pieds et
demi de diamètre — soixante-quatre à quatre-
vingts centimètres.

Ajoutons enfin, et simplement à titre de curiosité, un document particulier à l'auteur de ce
récit. Voyageant en 1880 sur le Maroni (Guyane
française), il s'arrêta chez des Indiens Aroua-
gues qui lui offrirent l'hospitalité. Il remarqua,
sous le carbet du chef, un escabeau de forme
étrange, qu'il reconnut bientôt, non sans un
profond étonnement, pour une vertèbre de
serpent. Cette vertèbre mesurait quarante-six
centimètres de diamètre.

L'Indien refusa malheureusement de s'en
dessaisir à aucun prix, alléguant que ce siège
faisait partie de l'arsenal de sorcellerie.

Inutile de multiplier les exemples, ceux-là
devant suffire à indiquer quelle incroyable

somme de force doivent pouvoir développer de pareils monstres, longs de douze à quinze mètres, et gros comme une barrique au milieu du corps (1).

Quelle résistance peut bien opposer à une telle masse, non seulement l'homme, mais encore un mammifère de moyenne taille? Saisi dans l'irréductible spirale formée par cette chair froide, tenace, toute en fibres, comme un câble vivant, l'homme ou l'animal, instantanément suffoqué, puis bientôt comprimé, broyé, trituré, devient une masse informe, composée de muscles, d'os, de peau et de viscères.

Il n'est pas de défense possible pour l'être

(1) Chargé en 1880 d'une mission scientifique en Guyane, par le ministère de l'Instruction publique, j'achevais de guérir à St-Laurent-du-Maroni, une fièvre maligne contractée dans la forêt vierge. Des forçats m'apportèrent un jour une couleuvre de petite taille en comparaison des monstres que je viens de citer. Elle ne mesurait que quatre mètres et demi. Sa force était pourtant à ce point prodigieuse, qu'elle résistait à l'effort de deux hommes qui la tiraient par la queue, bien que je lui eusse traversé la tête avec une lame de sabre, et qu'elle fût attachée par le cou à l'aide d'un gros fil de fer. Elle était presque morte, et pourtant nous avions toutes les peines à dérouler ses anneaux pour la dépouiller. Les transportés mangèrent sa chair. J'en ai moi-même goûté, et ne l'ai pas trouvée sans analogie avec celle de l'anguille de mer. Elle est très compacte, et excessivement lourde.

L. B.

qui est traîtreusement surpris et enlacé par
l'ophidien quand la faim le presse.

Mieux vaut, de toutes façons, la rencontre
des fauves, contre lesquels, même avec des
armes médiocres, on peut engager une lutte
qui est loin d'être désespérée. Aussi, comme l'a
énergiquement exprimé Friquet dans son langage pittoresque, Soungoya est un homme
mort, du moment que le serpent possède une
force suffisante pour l'emporter.

Au dire de ceux qui l'ont aperçu, c'est un
géant de l'espèce, et tel que même les anciens
du village ne se rappellent pas d'en avoir
jamais vu.

Barbanton ayant commandé: « En place...
repos!... » ils sont redevenus aussi loquaces
qu'auparavant. Ils racontent et commentent le
drame à leur façon, et paraissent surtout désespérés à la pensée qu'ils vont se trouver
sans roi.

Si encore Soungoya, la veille, n'avait pas tué
l'autre!... on aurait pu s'arranger.

— Dame! répond gravement Friquet, que
voulez-vous que j'y fasse?

« Vous n'auriez pourtant pas le toupet de
me demander un chef, pas plus qu'une constitution!

17.

« Je ne tiens pas une agence de renseignements, ni même un bureau de placement pour monarques en disponibilité.

« Demandez ça au général qui connaît l'article.

« Mais, ça lui a si peu réussi, de s'établir commissionnaire en monarchie, que je ne lui crois pas l'envie de continuer.

« Mais, assez blagué. Quoique votre Soungoya ne m'intéresse pas outre mesure, il faut que je le retrouve.

« Le serpent a dû laisser une trace, nous allons la suivre.

« Voyons, pas tant de bruit, et montrez-moi la place où la chose s'est passée.

« Allons, venez, général... Qu'est-ce que vous avez? vous ne soufflez mot!

— Moi, je me mémore que ces gensses vont perdre leur estruction militaire, et que c'est dommage!

— Eh! qui vous empêche de rester avec eux, d'en faire des troupiers finis, et de vous mettre à la place du roi; à moins que vous ne préfériez proclamer la république et prendre le titre de président.

Barbanton poussa un profond soupir, suivit son ami, et ne répondit pas...

C'est peut-être ce qu'il avait de mieux à faire.

Friquet arriva bientôt sur le lieu où la catastrophe s'était produite. Il y avait sur la terre un tronc d'arbre mort, coupant perpendiculairement la voie suivie par la troupe marchant en file indienne.

Soungoya avait franchi d'un bond ce tronc d'arbre, et était tombé d'aplomb sur un autre, allongé près du premier. Mais le second se redressa soudain avec un sifflement aigu, ceintura en un clin d'œil le pauvre diable qui n'eut que le temps de pousser un râle étouffé, et l'emporta à travers bois.

Ce soi-disant tronc d'arbre était un serpent monstrueux.

Rien de plus facile, tout d'abord, que de suivre sa trace, car la terre molle porte une dépression semi-circulaire énorme laissée par le passage de son gros corps cylindrique.

On dirait qu'on a traîné un mât.

Mais, cette trace aboutit bientôt à une vaste fondrière vaseuse où il est impossible de pénétrer.

Friquet s'entête et n'en veut pas démordre. Le terrain est trop mou, eh bien! on fera un chemin avec des fascines de roseaux, ou même un simple lit de branchages.

Quant à abandonner ce serpent, qui va tout à

l'heure avaler un homme portant à son cou un bon de trois cent mille francs, jamais !

Les noirs comprennent le désir du jeune homme, et s'empressent de sabrer les roseaux fort longs et fort abondants sur le bord du marécage. Ils en forment des bottelettes bien serrées et les déposent côte à côte sur le lit de vase, perpendiculairement à la trace du serpent.

Ils apportent au début, à ce travail, toute leur ardeur de grands enfants, et établissent, de la sorte, une espèce de chaussée assez longue, en un temps relativement court.

Mais, peu à peu, leur activité se ralentit, les coups de sabre ne s'abattent plus que mollement sur les tiges, et bientôt, soit que la proximité du monstre les effraye, soit qu'un subit accès de cette paresse si chère aux nègres les paralyse, ils cessent tout travail.

Mais Barbanton ne l'entend pas ainsi.

Voyant, sans en comprendre le motif, l'acharnement déployé par son ami pour retrouver le serpent et sa victime, il rassemble ses subordonnés de la veille par un bruyant commandement de :

— A vos rangs !... fixe !...

Ceux-ci obéissent sans broncher. Ce diable

d'homme possède une telle intonation, il regarde d'une telle façon ses pantins d'ébène, il sait si bien les fasciner, pour ainsi dire, sous le rayonnement de sa prunelle grise, que nul ne songe plus à se dérober.

Il leur explique, tant par son propre organe qu'en faisant appel aux ressources du laptot, qu'il entend être obéi, et rondement, sans embardées.

Le service qu'il exige est une corvée. Nul ne peut s'y soustraire. Il s'agit de l'exécuter militairement... ou sinon !...

Barbanton oublie qu'il est démissionnaire, que son généralat est évanoui en fumée, qu'il ne possède même plus l'appui du monarque sur l'autorité duquel il étayait la sienne.

Mais, qu'importe !... Il a su, pendant la courte période de son commandement, inculquer à ses subordonnés un tel sentiment d'obéissance, il a si bien réussi à les mater par la discipline, qu'ils se déclarent prêts à exécuter ses ordres.

Il se met à leur tête, commande : Par le flanc... arche !... et conduit bravement, à travers les marais, les fantassins de la veille, transformés soudain en sapeurs.

A la bonne heure ! Tout marche de nouveau comme par enchantement, et la fragile chaussée

s'allonge sur la trace qu'a laissée, presque en
ligne droite, le redoutable ophidien.

Malgré cet acharnement que le gendarme a
su faire succéder à la défaillance, il est urgent
d'interrompre un moment ce travail, ne fût-ce
que pour absorber à la hâte quelques aliments.

Après une rapide et frugale restauration, la
besogne recommence.

Quatre heures se sont écoulées déjà depuis
le rapt du chef, bien que cette période ait paru
relativement courte.

On arrive enfin au milieu d'un épais fouillis de
roseaux écrasés, hachés, effondrés, de façon à
former une clairière d'environ vingt-cinq mètres de diamètre.

On dirait que tout un clan d'hippopotames
s'est ébattu là.

Friquet, qui s'avance un des premiers, ne
peut retenir un cri d'étonnement, presque de
stupeur.

En face de lui, à cinq ou six pas, s'allongent,
parallèlement au sol vaseux, deux jambes
noires, tordues, rompues et couvertes d'un
essaim de mouches multicolores. Un peu au-
dessus des genoux, deux lambeaux rouges qui
sont probablement les pans de l'uniforme de
général anglais porté par Soungoya.

Le reste de ce qui a dû être un corps humain disparait dans une vaste cavité distendue à éclater, et formée par l'écartement de deux immenses mâchoires de serpent.

Eh parbleu! c'est bien là le monstre.

Il est occupé à absorber le défunt monarque. Après l'avoir pétri et trituré à la façon de ses congénères, de manière à en former un bloc suffisamment homogène, il l'a enduit de salive, et s'est mis en devoir de l'avaler, en commençant par la tête. L'opération est aux deux tiers terminée, puisqu'il ne reste plus que les jambes à faire descendre dans ce tombeau vivant

Mais, quelle tête, quel corps, quelles dimensions formidables! Friquet, qui a lu beaucoup de relations de voyages, qui a lui-même rudement évolué sur terre et sur mer, n'a jamais pu concevoir l'idée d'un pareil enfantement de la nature.

Pour l'instant, le serpent, gavé à éclater, n'est guère dangereux.

Il n'est pas encore dans la période complète d'engourdissement qui accompagne les digestions des animaux de son espèce, mais, dans tous les cas, il n'a plus l'usage de ses mâchoires.

On sait que les crochets des serpents, insé-

rés d'avant en arrière, et fortement recourbés,
ne peuvent plus laisser échapper une proie
volumineuse dans laquelle ils sont enfoncés.

L'animal, voulût-il s'en débarrasser, ne peut
le faire, en dépit de ses efforts, et il est obligé,
bon gré mal gré, de laisser cette unique bouchée traverser, en dépit de ses dimensions, son
tube intestinal.

C'est par un mouvement lent et continu de
déglutition que cette absorption s'opère, parfois
en un jour ou deux, quelquefois plus, selon les
dimensions respectives de l'animal et de la
proie. Il arrive alors que celle-ci, broyée, con-
tuse, souillée de salive, couverte de mouches,
se putréfie en dehors de la gueule avant d'être
entièrement absorbée.

Une seule chose semble vivre dans ce terrible reptile que le Parisien examine rapidement, avec autant de sang-froid que de curiosité. Ce sont les yeux, petits, ronds, noirs, mo-
biles comme des yeux d'oiseau, et sur lesquels
s'abaisse spasmodiquement la paupière.

Le corps, allongé, forme des sinuosités qui
se modifient lentement, de proche en proche,
par une série d'efforts lents, soutenus, amenant
comme une fluctuation de la masse entière.

Friquet pense, et avec raison, qu'un coup de

Les noirs tirèrent le monstre hors du marais. (Page 309.)

queue administré par ce reptile géant, équivaudrait à peu près à la chute d'un arbre, et se
met en devoir de le supprimer du nombre des
vivants.

Sa carabine Greener, chargée à balle pleine,
doit suffire à cette besogne. Il ne veut pas employer la balle explosible, car elle pourrait
mettre en lambeaux cette peau superbe qui
formera un des plus beaux ornements de la collection.

Il fait reculer sa troupe, avance froidement à
deux mètres du monstre, et va lui casser la
tête, mais, en garçon avisé, il réfléchit que
l'animal, même tué raide, pourra encore être
agité d'un dernier spasme très dangereux, eu
égard à sa masse. Il recule à son tour de quelques pas, abaisse son arme, et fait feu.

Le bruit de la détonation est à peine éteint
que Friquet voit, à travers le nuage de fumée,
comme un mât se dresser brusquement, puis
s'effondrer presque aussitôt sur les terrains
mouvants de la fondrière.

Au clapotement flasque, et pour ainsi dire
étouffé produit par cette chute, succède une
trépidation violente de la masse de vase qui
jaillit çà et là en une pluie fétide mélangée de
débris de roseaux.

Le jeune homme, sans abaisser son arme, aperçoit alors le serpent complètement immobile, avec une plaie béante à la nuque. La balle, qui a tranché net les vertèbres du cou, a dû rendre la mort instantanée. Et pourtant, telle était l'inconcevable vigueur du monstre, que son corps, en quelque sorte décapité, a pu, dans son unique spasme d'agonie, se dresser subitement, puis retomber foudroyé.

Friquet peut alors le contempler sans danger. Malgré son aplomb habituel, il est un moment interdit, à l'aspect des dimensions du colosse à demi enfoncé dans son lit de fange.

Il appelle Barbanton, qui arrive bientôt, suivi de sa troupe.

— Voyez donc, ami gendarme, le joli ver de vase que je viens de tuer...

— Tonnerre! ça pèse au moins un quintal!...

— Et ça mesure dans les douze à treize mètres.

— Sans exagérer, il est gros comme une barrique.

« Mais, à propos, qu'allez-vous en faire ?...

— C'est bien simple. Vos négros vont lui passer au cou une longue et solide liane, le haler sur la terre ferme, puis nous le dépouillerons de sa peau, qui est superbe, et dont la possession fera rudement plaisir à m'sieu André.

« Quant à sa chair... je suis bien de votre avis, il y en a environ un millier de kilogrammes... eh bien ! les sujets de feu Soungoya la mangeront aux lieu et place de l'éléphant demandé.

« On ne peut pas tout avoir... Vous leur expliquerez, d'ailleurs, que le serpent constitue une nourriture saine, de facile digestion, bref ! tout ce que vous voudrez pour nous dépêtrer d'eux.

« Ça, c'est votre affaire.

« Du reste, soyez tranquille : ils ne se feront pas prier pour se repaitre du serpent fétiche qui a pu dévorer leur monarque, également fétiche ; cette absorption devant leur conférer un état de grâce tout particulier.

— C'est entendu... Quant au cadavre ?...

— J'en fais mon affaire.

« Je vais retirer la masse informe qui compose en ce moment les restes de feu Soungoya et la faire déposer incontinent dans le sol mouvant de la fondrière.

— Je ne demande pas mieux d'être exempté de cette corvée funèbre, pour laquelle j'éprouve une insurmontable répugnance.

— Simple affaire de nerfs... moi, ça m'est égal.

Friquet, à ces mots, s'approcha du serpent immobile, prit son sabre, désarticula lestement les deux mâchoires, les écarta avec un morceau de bois formant levier, et retira le cadavre, dont la tête, encore reconnaissable, était profondément engagée dans l'œsophage.

Il aperçut au cou de la victime le médaillon, toujours enfermé dans sa gaine de cuir, rompit vivement la chaînette, et le mit dans sa poche.

C'était, en somme, tout ce qu'il voulait, et tout en déplorant la fin tragique du pauvre diable, il ne peut s'empêcher de faire cette philosophique réflexion :

— Voilà qui prouve une fois de plus que le bonheur de l'un fait le malheur de l'autre...

« Le pauvre Soungoya s'en va en terre, et comme conséquence de son trépas, la conjointe de mon digne gendarme rentrera en possession de son bijou avec ce qu'il contient.

« ... Barbanton n'a rien vu... tant mieux !... ça m'épargnera des explications ennuyeuses.

Les choses se passèrent absolument comme Friquet le désirait. Les noirs enfouirent, sans la moindre formalité, dans la vase, celui qui avait été leur chef, amarrèrent le cou du serpent par une de ces lianes indestructibles dont la solidité défie celle d'un câble, tirèrent le monstre hors du marais, aidèrent Friquet à le dépouiller, coupèrent sa chair en tronçons, la boucanèrent en l'exposant à la fumée de bûchers de bois vert, puis reprirent posément le chemin du village, chargés comme des mulets de contrebandiers.

La famine se trouvait conjurée pour un certain temps, car les noirs, bien loin de faire fi de la chair du serpent, la considèrent comme un mets de haut goût et constituant un des régals auxquels ils font le plus volontiers honneur.

. . . . . . . . . . . . . . . . .

Friquet ayant rempli ses engagements et approvisionné ses hôtes, pensa incontinent au retour. Les Mandingues eussent bien voulu le retenir, ainsi que leur ancien général, mais celui-ci, se rappelant l'effroyable épilogue de la victoire à laquelle il avait si bénévolement collaboré, persista dans sa résolution d'accompagner Friquet à Free-Town.

Ils firent choix d'une excellente pirogue, légère, solide et assez grande pour les contenir tous les six avec leurs bagages. Elle fut pourvue d'une espèce de dais en feuillage pour les préserver des ardeurs du soleil, et parée à partir le jour même.

Les trois noirs et le laptot, qui passa de
très bonne grâce du grade de capitaine de
l'armée do terre au rang de simple pagayeur,
prirent place dans l'embarcation, qui descendit
rapidement le cours de la Rokelle.

Après quatre jours d'une navigation absolument dénuée d'incidents, ils arrivèrent en rade
de Free-Town.

Après une période aussi mouvementée, la
destinée leur devait bien quelques heures de
calme.

Barbanton ne voulant pas, et pour cause,
retourner au yacht, avait formellement annoncé
à Friquet qu'il descendrait à la ville, jusqu'à
ce qu'il fût bien certain que sa femme aurait
quitté le bord.

Il allait, en conséquence, faire accoster la
pirogue au wharf, bien que le drapeau jaune
flottât toujours sur le mât de signaux, la caserne
et l'hôpital, quand un cri d'angoisse échappa à
Friquet.

— Qu'y a-t-il, mon cher enfant? demanda
l'ancien gendarme.

— Tenez!... regardez, répondit le jeune
homme en lui montrant un fin navire à l'ancre
à deux encâblures environ.

— Je vois le yacht... l'*Antilope-Bleue*, et c'est

un rude crève-cœur pour moi de ne pas aller serrer la main à M. André.

— Mais, au mât de misaine...

— Tonnerre !... c'est vrai... Le maudit pavillon jaune.

« Le fléau a fait irruption à bord.

— Vous ne voyez donc pas les vergues en pantenne et les couleurs nationales en berne...

« Il y a un cadavre sur le navire.

Une même angoisse étreint les deux amis. Barbanton ne songe plus à débarquer. Il montre le yacht aux quatre rameurs et leur crie d'une voix étranglée :

— Au navire, enfants, souque ferme !...

Quelques minutes après, ils atteignent la plate-forme de l'échelle de tribord, la franchissent en quelques bonds rapides et arrivent, à bout d'haleine, sur le pont, où un spectacle imposant, dans son appareil lugubre, s'offre à leurs regards.

# CHAPITRE XVII

Le pont du navire offre, en effet, un spectacle dramatique et saisissant.

Ce sont d'abord les hommes de l'équipage, avec ceux de la machine, que Friquet et son ami aperçoivent rangés à l'arrière sur deux files, et observant un silence plein de tristesse. Puis, à la tête de ces deux files, et près de la barre du gouvernail, ils remarquent une forme longue, aux lignes rigides, qui disparaît sous un large pavillon aux couleurs nationales, et dans laquelle ils reconnaissent aussitôt, et sans erreur possible, hélas! un cercueil...

Près du cercueil élevé comme sur un catafalque, se tient le capitaine...

Muets, crispés, haletants, Friquet et Barbanton ne voyant pas André leur ami, leur bienfaiteur, appréhendent une irréparable catastrophe.

Une effroyable angoisse, dont la durée leur semble infinie, les immobilise un moment dans une douloureuse stupeur, jusqu'à ce qu'un long soupir leur échappant simultanément, vienne dissiper enfin cette sensation de cauchemar.

O sublime égoïsme de l'amitié! Ils voient émerger du panneau de l'arrière la tête pâle d'André qui, se soutenant à peine, se hisse péniblement pour venir où le devoir l'appelle.

Leur ami est donc vivant!

Ils vont pleurer celui que l'implacable faucheuse a cloué dans le cercueil, mais, aussi, qui penserait à leur reprocher l'instant de muette allégresse qui succède, en eux, à l'atroce angoisse de tout à l'heure.

— Est-ce que cette pauvre femme aurait succombé sans que j'aie pu me réconcilier avec elle? murmure d'une voix basse comme un souffle l'ancien gendarme...

18

André s'avance jusqu'au cercueil, se découvre, et se tournant vers les hommes dont les rudes figures manifestent une vive émotion, prononce les paroles suivantes :

— Je n'ai pas voulu laisser partir, sans la saluer avec respect, la dépouille du timonier Yves Coëtaudon que l'épidémie vient de nous enlever.

« Notre brave camarade va reposer sur la terre étrangère, mais sa sépulture ne sera pas délaissée. Ne pouvant, hélas! faire ni plus, ni mieux, je pourvoirai à son entretien.

« Nul d'ailleurs n'oubliera parmi nous la douloureuse escale de Sierra-Leone, et nous élèverons, dans un coin de notre cœur, à cette victime du devoir, un souvenir qui vaudra bien un monument et une épitaphe.

« Adieu, Yves Coëtaudon... adieu, matelot!... vous êtes mort en brave, reposez en paix!

A ces mots, le capitaine fait un signe, le sifflet du maître d'équipage pousse une note stridente, et le cercueil, enlevé par quatre hommes, est déposé dans une baleinière toute parée, qui demeure suspendue sur ses palans au niveau du bastingage de tribord.

Puis, un coup de canon retentit. L'embarcation descend lentement avec les ra-

meurs, l'aviron debout, et se trouve bientôt à
flot.

Le grand canot est aussitôt armé, le capitaine prend place à la barre, et une délégation
de l'équipage se rend à terre pour accompagner
le cercueil au cimetière anglais.

Alors seulement André aperçoit ses deux
amis, leur tend les bras, et s'écrie :

— Vous voilà donc enfin !... Et dans quelles
douloureuses circonstances !...

— La fièvre jaune est à bord, n'est-ce
pas?

— Hélas ! nous sommes cruellement éprou-
vés...Pourvu que nous n'ayons pas d'autres vic-
times...

— Il y a donc d'autres malades sur le yacht ?

— Un malade, ou plutôt... une malade...
Pauvre femme !...

« Mais, venez, Barbanton, vous êtes bien
impatiemment attendu.

— Tout de suite, monsieur André...

« Friquet, venez aussi, je me sens tout...
chose, en pensant que cette malheureuse qui,
après tout, porte mon nom, est frappée par
l'horrible maladie...

« Elle est bien mal, n'est-ce pas...

— Son état fut désespéré pendant deux jours,

mais, je la crois maintenant à peu près hors de
danger.

— Eh bien! tant mieux!

— A la bonne heure...

— C'est égal, monsieur André, une femme qui
vient à bout de la fièvre jaune, doit véritablement avoir le diable au corps.

« Et... ma foi, je recommence à avoir peur.

— Allons, vieil enfant, ne dites donc pas de
folies.

« Je puis d'ailleurs vous affirmer que, après
ce terrible cahot, votre femme est devenue absolument méconnaissable, non seulement au
moral, mais encore au physique.

— Que me dites-vous donc là, monsieur
André?

— La vérité, mon brave ami.

« Il y a déjà dix jours que la fièvre jaune a fait
irruption à bord.

« Dans le premier moment, une épouvante
bien naturelle s'abattit sur le navire, dont deux
hommes furent atteints le même jour.

« Pouvant alors à peine remuer, je devais me
borner à donner les indications nécessaires au
traitement de ces malades.

« Que fait votre femme! Elle s'installe bravement comme infirmière, leur prodigue des

soins incessants, les veille jour et nuit, sans
s'arrêter aux détails les plus répugnants et
frappe d'admiration l'équipage tout entier, par
son abnégation et sa fermeté.

« J'affirme, et tel est aussi l'avis du médecin
anglais qui vint nous visiter, que son énergie
et son dévouement ont été plus efficaces que
toutes les médications imaginables sur la santé
de notre monde dont elle a relevé le moral. Un
de nos malades lui doit certainement la vie.
Malheureusement, elle fut elle-même atteinte,
il y a quatre jours, au moment où l'homme était
hors de danger.

« Ses soins manquèrent, hélas! à celui dont
on célèbre aujourd'hui les funérailles.

« Mais, venez donc la voir... Dépêchez-vous...
Elle vous demande à chaque instant, et votre
vue ne peut que hâter sa guérison.

— Est-ce bien certain, au moins, monsieur
André? demande le brave homme chez lequel se
sont réveillées les appréhensions d'autrefois.

— Je vous en donne ma parole d'honneur.

« Sa seule crainte était de succomber sans
s'être réconciliée avec vous.

— Eh bien! décidément, je vous suis, monsieur André...

18.

« Mais, j'avais moins peur la première fois que je vis le feu!

A ces mots, le jeune homme pouvant à peine se tenir debout, car c'est tout au plus si sa fracture est consolidée, s'appuie sur le bras de Friquet, descend dans l'entrepont, et s'avance vers une chambre dont la porte demeure entre-bâillée.

Au bruit des pas des trois hommes sur la coursive garnie, pourtant, d'un épais tapis, un gentil moussaillon, de garde sans doute près de la malade, allonge sa figure futée.

— Est-ce qu'elle dort? demanda André.

— Non, monsieur, répond l'enfant, le coup de canon l'a réveillée.

— Entrons, alors.

« Eh bien! madame, dit-il sans préambule, en pénétrant dans la chambre, je vous apporte enfin une bonne nouvelle.

— Mon mari?...

— Est revenu, madame, avec Friquet, qui a réussi à le trouver...

— Ah! qu'il vienne, monsieur...

— Le voici!...

« Allons, mon vieil ami, entrez... ne faites pas l'enfant...

— M'sieu André, je n'ai plus de jambes, répond

d'une voix éteinte l'ancien gendarme en pénétrant à son tour, sollicité par le jeune homme,
et presque poussé par Friquet.

Il aperçoit, assise sur son lit, et appuyée sur
une pile de coussins, la malade, pâle, amaigrie,
les yeux brillants de fièvre, qui lui tend la main
et qui, suffoquée par l'émotion, éclate en san-
glots.

Barbanton, les deux pieds figés au plancher,
jette sur sa femme un regard éperdu, prend sa
main, tousse fortement, exécute coup sur coup
plusieurs brusques mouvements de déglutition,
et ne trouve pas un mot à dire.

Il ne reconnaît plus, dans ce visage en quelque
sorte transfiguré par la souffrance, ces traits
durs qui l'exaspéraient, ces regards aigus, mauvais qui l'épouvantaient, ces lèvres plissées, qui
crachaient le sarcasme...

André l'a bien dit, la métamorphose physique
est complète, et les préliminaires de l'entrevue
semblent indiquer que la transformation morale
ne l'est pas moins.

La malade recouvre la première l'usage de la
parole.

— Ah! mon ami, dit-elle d'une voix basse,
grave, mais tendre et sympathique, j'ai bien cru
ne plus vous revoir...

« L'affreuse maladie !...

« Quelles angoisses !... Quelles souffrances !... Vrai... mourir comme cela, c'eût été affreux...

« Je vous ai bien méconnu, mon pauvre ami... J'ai été bien dure et bien injuste à votre égard...

« Dites... me pardonnez-vous ?

Barbanton, crispé, rigide, le nez rouge, les yeux humides, se tenant à quatre pour ne pas éclater comme un enfant, tiraille avec fureur sa barbiche.

— Madame... mon amie... ma... ma chère enfant...

« Je... Je suis une vieille bête !...

« Voilà la vérité... J'ai d'abord voulu mener mon ménage en gendarme... militairement !

« Je ne savais pas autre chose, moi... en fait de sentiment, je ne connaissais que les Canaques !

« Vous avez houspillé cette autorité que j'avais voulu appliquer à la diable... vous avez bien fait.

« Moi non plus, je ne vous comprenais pas... après, il était trop tard.

— Vous poussez la bonté jusqu'à vous accuser de torts imaginaires envers moi... soit... je ne vous contredirai pas...

« Vous voyez que je commence une nouvelle
vie, en admettant, hélas! que la maladie m'en
laisse le temps...

— Mais, vous êtes sauvée... M. André me l'a
affirmé.

— La fièvre jaune est sujette à des rechutes
terribles...

« D'autre part, vous voici revenu, et si ce
retour me comble de bonheur, il augmente mes
inquiétudes.

« Vous savez combien ce mal est conta-
gieux... Si vous alliez le contracter à votre tour...

— Rassurez-vous, madame, interrompit André. Friquet et votre mari n'ont rien, pour ainsi
dire, à redouter, car ils sont encore plus accli-
matés que nous, grâce à leur excursion sur les
terrains malsains de la côte.

« Je crois, d'autre part, que grâce aux prescriptions hygiéniques énergiquement exécutées
dès le début, l'épidémie ne s'étendra pas davantage.

« Du reste, nous allons quitter au plus vite
cette côte empestée. On va chauffer dans un
moment, et nous allons nous diriger à toute
vapeur vers le Sud.

« Le grand air de la mer va aider à balayer
tous ces miasmes.

« Madame, nous vous laissons pour le moment avec votre mari... vous avez à causer.

« Viens, Friquet.

— Tout de suite, m'sieu André...

« Mais je voudrais, auparavant, remettre à madame un objet assez bizarrement retrouvé, et dont la possession, j'en suis sûr, ne lui sera pas désagréable.

Le Parisien, à ces mots, tira de sa poche un sachet de cuir d'où pendaient les extrémités d'une chaînette rompue.

Il l'ouvrit, et en sortit le fameux médaillon...

— Voici l'objet tel que je l'ai retiré de l'estomac d'un serpent de trente-cinq pieds de long, qui l'avait avalé par mégarde avec le voleur.

« Je n'ai pas voulu, par discrétion, m'assurer de son contenu... Je crois, du reste, qu'il est fermé par un procédé secret, mais, peu importe...

« Veuillez donc voir vous-même si le papier est toujours en place.

Après avoir remercié avec l'effusion que l'on peut croire le jeune homme qui, somme toute, lui rapporte la fortune avec le bonheur, madame Barbanton ouvre de ses mains tremblantes de fièvre le médaillon et pousse un léger cri de désappointement...

Le médaillon est vide !...

Une énergique exclamation échappe à Friquet et à André. Seul, Barbanton demeure impassible.

— Bah! fait la malade en prenant rapidement son parti de ce contre-temps, puisque le billet est perdu, le mieux est de n'y plus penser.

« Je le regrette, pourtant, car c'eût été pour nous l'abondance...

« Eh bien! nous travaillerons tous deux, et de bien bon cœur, n'est-ce pas, mon ami ?

— Décidément, Élodie, vous êtes une bonne femme, et ce que vous venez de dire me touche plus que vous ne sauriez le croire.

« Oui, certainement, nous serons heureux, et nous ne travaillerons que si nous le voulons...

« Libre à nous d'être rentiers.

« Tenez! connaissez-vous cela?...

A ces mots, il exhume posément de sa poche un portefeuille pas mal chiffonné, et en extrait, non moins posément, un papier plié en quatre, qu'il tend à sa femme...

— Comment !... le billet ?...

— 0002421... Mon ancien matricule, comme vous savez.

— Voilà qui est un peu fort, par exemple,

s'écrie Friquet interloqué, malgré son aplomb
proverbial.

« Comment, gendarme, vous aviez le papier
et vous ne le disiez pas !

— C'est vrai !... je l'avais oublié tout à fait.

« Voici la chose. A peine arrivé chez Soungoya, après mon escapade, — je puis en parler,
maintenant, — je m'aperçus que ce nègre indé-
licat vous avait volé votre médaillon.

« Je trouvai le procédé un peu sans gêne ;
et aussi bien que j'aurais encore été gendarme,
je coffrais le délinquant.

« Mais, d'autre part, comme j'ai la prétention
d'être un homme d'ordre, que je n'aime pas
à laisser traîner les objets de valeur, surtout
entre les pattes de pareils animaux, je m'avisai,
le lendemain de mon arrivée, de faire boire
Soungoya jusqu'à ce qu'il fût ivre-mort.

« Ce procédé le toucha, car il me nomma
séance tenante général. Je l'avoue sans confusion, je profitai de son état pour ouvrir et re-
fermer en un moment le médaillon, et subtiliser
le fameux billet.

« A voleur, voleur et demi !... moi, un ancien
gendarme...

« Mais, c'était pour le bon motif.

« La preuve, c'est que je voulais vous le

faire parvenir tôt ou tard, ma chère Élodie, et avec ma procuration, encore...

— Bien vrai?...

— Je vous en donne ma parole d'honneur !

« Arrivé en rade de Free-Town, j'allais, avant de quitter Friquet, le prier de vous le remettre, quand la vue du pavillon jaune sur le yacht, des couleurs nationales en berne, m'a tellement troublé, que je l'ai oublié...

— Tout s'explique, reprit Friquet, et c'est Soungoya, par le fait, qui paye les pots cassés.

« Quant à vous, général, vous êtes un vrai veinard.

— C'est vrai, Friquet, et je le proclame... J'ai eu du bonheur.

« C'est la première fois que ça m'arrive, et ce ne sera pas la dernière, je l'espère.

« Nous avons gagné tous les deux à cette loterie, et cela, avec un seul billet.

« Vous, ma chère Élodie, un gros lot représentant une jolie valeur en espèces, ce qui n'est pas à dédaigner...

« Moi, une bonne femme...

« C'est moi le plus riche de nous deux, termina galamment l'ancien gendarme.

. . . . . . . . . . . . . . . . . . . . . . .

Quelque terribles que soient les ravages opé-

19

rés par la fièvre jaune, les cas de guérison sont
fréquents et les privilégiés qui en réchappent
sont à l'avenir absolument indemnes.

D'autre part, la contagion qui s'opère pour
le moins autant par le contact des objets con-
taminés que par celui des personnes, s'éteint
souvent, pour ainsi dire spontanément, sans
cause apparente.

Le processus de cette affreuse maladie est
singulièrement capricieux.

L'essentiel est, en somme, si on le peut, de
fuir le foyer primitif d'infection et de gagner
les pays froids, ou les montagnes.

Il est également urgent, cela va sans dire,
d'exécuter toutes les prescriptions hygiéniques
indiquées par l'expérience, et surtout d'anéan-
tir tous les objets, quels qu'ils soient, ayant
appartenu aux malades.

Bannir toute appréhension, conserver son
sang-froid, opposer à l'invasion du fléau la plus
grande somme d'énergie possible, sont d'excellentes choses qu'on ne saurait trop recom-
mander.

Aussi André, qui a charge d'âmes, met-il en
œuvre, autant qu'il est en son pouvoir, tous les
moyens qu'il croit susceptibles d'enrayer la
marche de l'épidémie.

La provision de charbon étant à peu près complète, l'*Antilope-Bleue* peut gagner la haute mer et fournir une longue course. En conséquence, André s'empresse, au retour de l'équipage, de faire allumer les fourneaux de la machine.

Son intention est de gagner le cap de Bonne-Espérance.

Ce départ, qui surprend tout le monde, produit la meilleure impression sur le moral des hommes.

La vue d'horizons nouveaux, la vie active du bord, les bienfaisantes émanations de la haute mer, et surtout la pensée de quitter sans retour ces rivages empestés, tout concourt à effacer les lugubres impressions des derniers jours.

Entre temps, on procède avec une activité fiévreuse au désinfectage minutieux du navire qui est gratté, lessivé, fumigé de la cale à la pomme des mâts.

Chacun s'emploie avec diligence à cette besogne essentielle, dont l'accomplissement ramène la confiance, et fait présager des jours meilleurs.

Un nouveau cas de maladie se déclare le lendemain de l'appareillage, mais son extrême

bénignité a plutôt pour objet de rassurer les
hommes, en leur démontrant clairement la
marche descendante de l'épidémie.

De Sierra-Leone, ou plutôt, de Free-Town,
on compte environ quatre mille cinq cents kilomètres pour arriver à Cape-Town, la capitale
de la colonie du Cap.

Le yacht, en marchant à la vitesse moyenne
de dix nœuds à l'heure, mit un peu plus de dix
jours à opérer, sans le moindre incident, cette
traversée, à la suite de laquelle une rigoureuse
quarantaine de huit jours lui fut imposée.

On ne pouvait espérer mieux et nul ne trouva
exorbitantes les prétentions du comité anglais
de salubrité.

Les époux Barbanton, radieux comme un
couple de vingt ans, débarquèrent au Cap
après une fête plantureuse qui leur fut offerte à
bord.

Les motifs qui avaient nécessité la fuite de
l'ancien gendarme n'existant plus, il s'em-
pressait de rentrer en France, bien que André
lui eût offert, ainsi qu'à sa femme, de continuer
à travers le monde la croisière cynégétique de
l'*Antilope-Bleue*.

Il est entendu qu'ils prendront le premier
paquebot en partance pour l'Europe.

Chacun leur fit des adieux émus, et il n'est pas un homme de l'équipage, y compris le mousse, qui ne leur promit, après le voyage, d'aller leur serrer la main. Barbanton affirma que ce jour-là serait un jour béni, et qu'on ferait une vraie noce de matelots.

Puis, le yacht renouvela sa provision de charbon, embarqua des vivres frais en grande quantité, et appareilla, un beau matin, pour une direction inconnue.

Peut-être le retrouverons-nous plus tard...

L'épisode qui suit a pour titre :

*Aventures d'un Gamin de Paris au Pays des Tigres*

# TABLE DES MATIÈRES

## CHAPITRE III

## CHAPITRE IV

## CHAPITRE V

## CHAPITRE XII

## CHAPITRE XIII

## CHAPITRE XIV

## CHAPITRE XV

## CHAPITRE XVI

## CHAPITRE XVII

FIN DE LA TABLE DES MATIÈRES

PARIS. — IMPRIMERIE CHARLES BLOT, RUE BLEUE, 7.

27 mai 38